春夏秋冬を楽しむ日本風物詩
日本四季風物時誌
旅日達人林潔珏 著・攝影

從日本的年中盛事與風俗習慣來了解日本、學習日語

因為緣分，長年旅居日本，光陰荏苒，不知不覺經歷了三十年寒暑。回想過去，初來乍到日本雖有些不安，心想既然要在這裡落地生根，就要融入這裡的社會。俗話說：「郷に入っては郷に従え」（入境隨俗），尊重這裡的風俗習慣，便成我在這裡的生活態度。

我先生是個傳統的九州男子，對於各種節慶和風俗習慣，相當重視。隨著小孩的出生，各種相關的儀式，像是七五三、女兒節、男童節、成人式，更是一點也不馬虎。假日期間，也常會帶一家大小出門賞花、賞楓、挖貝、看煙火，為平淡的日常生活，增添了許多美好的回憶與樂趣。我會愛上這第二個故鄉，我先生無疑是第一位大功臣。

到目前為止，我撰寫了數本有關日語學習和介紹日本旅遊美食的書籍，但是心裡一直有個想法，就是將日本人的年中盛事與風俗習慣介紹給大家，好讓讀者更貼近日本、深入日本，這樣才能學習有靈魂的日語。

前兩年因為擔任地方自治會（由地方居民組織的自治團體）的幹部，必須參與籌備和執行地方的活動，像是搗年糕大會、夏日祭典、敬老節、挖番薯大會等等。雖然準備起來頗費力，但是看到居民大大小小歡樂融洽的景象，更體會到這些節慶存在的意義與重要性，而且有了更多的體驗與心得，見時機成熟，於是開始撰寫此書。

本書按春夏秋冬四季，詳細介紹日本一年當中每個季節會舉辦的各種盛事和活動，除了深入了解日本的四季風物詩，也可以當作生活歲時記來閱讀。本書還兼顧到讀者日文的學習，有精確的中文對照、簡單明瞭的單字

說明與句型練習，幫助大家學習再日常也不過的生活日語。

最後藉這個地方，感謝瑞蘭國際出版同仁的協助。此外，對日本生活有興趣的朋友，也歡迎至如下分享我在日本生活的點滴。

Instagram：chiehwalin

Facebook：Chieh Wa Lin

部落格：WAWA 的新家 http://chiehchueh2.pixnet.net/blog

林潔珏

目次 CONTENTS

春はる SPRING

夏（なつ） SUMMER

秋 AUTUMN

冬（ふゆ） WINTER

花粉症（かふんしょう）	花粉症
雛祭り（ひなまつり）	女兒節
花見（はなみ）	賞櫻
新年度（しんねんど）	新年度
入学式（にゅうがくしき）・入社式（にゅうしゃしき）	入學式・入社式
ゴールデンウィーク	黃金週
端午（たんご）の節句（せっく）・こどもの日（ひ）	端午節・兒童節
潮干狩り（しおひがり）	採貝
五月病（ごがつびょう）	五月病
初鰹（はつがつお）	初鰹

はる
春
SPRING

春 SPRING

かふんしょう
花粉症

每到花粉散播的季節，藥妝店的店頭就會擺滿相關的商品。

花粉症とはスギ、ヒノキ、ブタクサ、ヨモギなど約50種類の花粉が原因で引き起こされるアレルギー疾患の一つ。中でも北海道と沖縄を除いてスギ花粉が原因となる花粉症が最も多い。日本では国民病と言えるほど、大勢の人が患っている。

日本のスギ花粉は2月から4月まで飛散するため、毎年この時期になるとくしゃみ、鼻水、鼻づまり、目の痒み、充血などの症状が多くの人を悩ませている。街中にマスクをつけた人をよく見かけ、薬局の店頭には花粉症グッズや薬がずらりと並べられている。春の風物詩の一つと言っても過言ではない。

なぜ日本人はスギの花粉症になる人が多いのか。その原因は戦後農林水産省が大規模なスギの植林を推奨してきたことが挙げられる。

日本の花粉症を知っている外国人は意外と少ない。花粉が飛散する時期に日本へ行く場合、急に先ほど述べたような症状が現れ、酷い風邪でも引いたのではないかと勘違いするかもしれない。アレルギーを持つ人は、この時期に日本を訪れることがあれば、必ずマスクや飲み薬などを用意することをお勧めする。

單字解說

- 引き起こす 他動 4：引起
- 患う 自他動 0 3：患病
- 飛散する 自動 0：散播
- 悩ます 他動 3：使煩惱
- マスク 名 1：口罩（英：mask）
- 過言 名 0：誇張
- 推奨する 他動 0：推薦，鼓勵
- 述べる 他動 2：敘述
- 勘違いする 自動 3：誤會
- 訪れる 自動 4：造訪
- 用意する 他動 1：準備

【中譯】

花粉症

所謂的花粉症是指杉樹、扁柏、豬草、艾草等約50多種的花粉為原因所引起的過敏疾病之一。其中除了北海道和沖繩，以杉樹花粉為原因的花粉症最多。在日本幾乎可說是國民病，有很多人罹患。

因為日本杉樹的花粉是在2月起至4月散播，每年到了這個時期，就會有很多人苦於打噴嚏、流鼻水、鼻塞、眼睛癢、充血等症狀。在街上常常可看到戴口罩的人和藥房店頭排滿一大排的花粉症用品和藥品。說是春天的風物詩之一一點也不誇張。

為什麼日本人罹患杉樹花粉症的人那麼多？可舉出的原因是戰後農林水產省大規模地推薦種植杉樹。

出乎意外的是知道日本花粉症的外國人並不多。在花粉散播時期去日本的話，若突然出現上述的症狀，說不定會誤以為患上重感冒。如果有過敏的人，在這個時期要造訪日本的話，建議一定要準備好口罩和內服藥。

句型練習

1. ……を除(のぞ)いて　除了……

彼女(かのじょ)を除(のぞ)いてほかの人(ひと)は皆参加(みなさんか)する。

除了她以外其他人都參加。

その夜(よる)、部屋(へや)には彼(かれ)を除(のぞ)いて誰(だれ)もいなかった。

那天晚上，房裡除了他以外沒有任何人。

2. 意外(いがい)と　出乎意外

彼女(かのじょ)は意外(いがい)とナルシストかもしれない。

出乎意外她是個自戀狂也說不定。

昨日(きのう)の映画(えいが)は意外(いがい)と面白(おもしろ)かった。

出乎意外昨天的電影很有趣。

春 SPRING

雛祭り

有女孩子的家庭在女兒節即將來臨時，會擺放雛人偶來祈求女童的幸福與健康。

雛祭りは女の子の健やかな成長を祝う行事だ。元々は桃の花が咲く旧暦の3月3日に行われていたため、桃の節句とも呼ばれる。明治時代から太陽暦で行われるようになった。女の子がいる家では、雛祭りが近づくと雛人形を飾り、菱餅や桃の花、白酒、雛あられを供えてお祝いをする。そして、当日にちらし寿司や蛤の吸い物などを食べる。

供え物や食べ物に関して、それぞれ意味がある。例えば、菱餅は上から赤、白、緑の3色を重ねた菱形の餅で、子供の成長、子孫繁栄、長寿、厄除けなどを意味している。白酒は体を清め、邪気を祓うとされている。蛤は離れたら元の貝どうしでないとぴっ

3月

たり合わないことから、夫婦円満や女性の貞操の象徴とされ、雛祭りの時に食べられるようになった。

　雛祭りの起源は平安時代の貴族たちが自分に降りかかる災いを紙人形に託して川に流す「流し雛」だと言われている。それが発展して現在のような豪華な雛人形になった。雛祭りのもととなったその風習は今も残っている。

【中譯】

女兒節

　女兒節是慶祝女孩健康成長的儀式。因為原本是在桃花盛開的舊曆3月3日舉行，也被稱為桃花節。從明治時代起變成在陽曆舉行。在有女孩的家庭，一旦女兒節快要來臨，就會擺放雛人偶，供奉菱餅或桃花、白酒、女兒節的年糕塊來慶祝。而且，當天也會吃散壽司和文蛤的湯等。

　關於供品和食物，各有各的意思。例如菱餅是自上而下由紅、白、綠3色重疊的菱形年糕，意味著孩童的成長、子孫繁榮、長壽、消災等意思。白酒則被認為能淨身、去邪。文蛤一旦分開，若非原來的貝殼們就不會剛好吻合，因此被當作夫妻圓滿和女性貞操的象徵，進而演變成在女兒節時食用。

　據說女兒節的起源是平安時代的貴族們將降臨在自己身上的災厄託付給紙人偶然後放水流的「流雛」。進而發展演變成像現在豪華的雛人偶。為女兒節起源的該風俗現在依然留傳中。

單字解說

- 健やか（すこやか） ナ形 ②：健全，健康
- 祝う（いわう） 他動 ②：慶祝
- 咲く（さく） 自動 ⓪：開（花）
- 雛あられ（ひなあられ） 名 ③：女兒節年糕塊
- 蛤（はまぐり） 名 ②：文蛤
- 厄除け（やくよけ） 名 ⓪④：消災
- 離れる（はなれる） 自動 ③：分離
- 起源（きげん） 名 ①：起源
- 降りかかる（ふりかかる） 自動 ④：降臨
- 発展する（はってんする） 自動 ⓪：發展
- 残る（のこる） 自動 ②：遺留，留傳

句型練習

1.……近づくと　一旦接近……

年末が近づくと色々な出費が多くなる。

一旦接近年尾各種花費就會變多。

秋が近づくと美味しい物がいっぱい出てくる。

一旦接近秋天就會出現很多美味的東西。

2.……に関して　關於……

この件に関してコメントすべきか戸惑っている。

關於這件事該不該置評感到困惑。

あの人に関して今後一切関わりたくない。

關於那個人今後不想和他扯上任何關係。

春 SPRING

花見(はなみ)

坐在盛開的櫻花樹下一邊賞花一邊品嘗美食美酒豈不風雅。

日本では、毎年桜の咲く季節になると、天気予報で必ず南から北に移動していく「桜前線」を報道する。これを参考しながら、桜の開花宣言とともに、日本各地でお花見が盛んに行われる。

花見の始まりは元々春の農事に先立って、花の下で御神酒を供えて豊作を祈願する行事が由来とされている。江戸時代から、桜の名所がたくさん作られ、庶民に花見を楽しむ習慣が広まった。桜の下で、敷物を敷いて席を設け、お酒や花見弁当、花見団子などのごちそうを楽しみながら、花を愛でるのは実に風雅なことだ。現在でも桜の満開の時期になると、東京の上野や隅田川などの桜の名所は花見客でにぎわう。

日本の代表的な桜の種類は「染井吉野」が8割を占め、他にも「枝垂桜」、「八重桜」、「寒桜」などがある。桜は開花から散るまでわずか2週間足らずしかない。満開のさまはきれいだが、「花吹雪」となって散りゆくその姿も美しく、よく人生の儚さに例えられる。そして、散った花びらが水面を流れる「花筏」のように散ってしまったあとも楽しむことができる。

單字解說

- 移動する 自動 0：移動
- 報道する 他動 0：報導
- 盛ん ナ形 0：盛大，熱烈
- 先立つ 自動 3：先行，在……之前
- 供える 他動 3：供奉
- 敷く 他動 0：鋪
- 風雅 ナ形 1：風雅
- にぎわう 自動 3：熱鬧，擁擠
- 例える 他動 3：比喻
- 散る 自動 0：凋謝，散落

【中譯】

賞櫻

在日本，每年一到櫻花盛開的季節，在氣象預報一定會報導由南向北移動的「櫻花前線」。一邊參考這個和櫻花的開花宣言，日本各地會熱烈地舉辦賞櫻活動。

賞櫻之始原是來自在春天的農作之前，在花下供奉御神酒祈求豐收的儀式。自江戶時代起，因為整備了很多賞櫻的勝地，賞花的習慣也在庶民之間普及起來。在櫻花樹下，鋪個坐墊弄好座位，一邊品嘗酒或賞花便當、賞花丸子等美饌，一邊賞花的確是件風雅的事。現在也是一到櫻花盛開的時期，東京的上野或隅田川等櫻花的著名勝地都會擠滿賞花的客人。

占8成的「染井吉野」是日本代表的櫻花品種，其他也有「枝垂櫻」、「八重櫻」、「寒櫻」等。櫻花從開花到凋謝僅僅只有2星期不到。盛開的樣子雖然美麗，但化做「花吹雪」而散落的姿態也很漂亮，常被比喻成人生的短暫。還有像散落的花瓣漂流在水面的「花筏」，在散落之後也值得欣賞。

句型練習

1. ……になると　一到……

月曜日（げつようび）になると体（からだ）が一気（いっき）にだるくなる。

一到星期一身體就會頓時無力。

秋（あき）になると寂（さび）しさを感（かん）じるのはなぜだろう。

不知為何一到秋天就會感到寂寞。

2. ……ながら　一邊……

一邊……一邊……

スマホを見（み）ながら歩（ある）くのは止（や）めてほしい。

拜託不要一邊看手機一邊走路。

この後（あと）、コーヒーを飲（の）みながら話（はな）さないか。

待會兒要不要一邊喝咖啡一邊聊天？

春 SPRING

しんねんど

新年度

日本4月1日起的新會計年度和學年年度是從明治時代開始的。

年度とは、特定の目的のために決められた1年間の区切り方。日本では、官公庁などが予算を執行するための期間である「会計年度」や学校など学年の切り替わりを目的とした「学年年度」の始まりの日は4月1日である。

カレンダーは1月1日からなのに、なぜ日本の新年度は4月1日からなのか。それは明治時代に遡らなければならない。当時、日本の主産業は稲

單字解說

- 決める 他動 0：決定
- 予算 名 0：預算
- 執行する 他動 0：執行
- カレンダー 名 2：日曆（英：calendar）
- 遡る 自動 4：回溯
- 納める 他動 3：繳納
- 編成する 他動 0：編列
- 誇る 他動 2：誇耀，自豪
- 倣う 自動 2：仿傚
- 区切り 名 3 0：劃分

作だった。秋に農家がお米を収穫し、現金に換えて税金を納める。そして政府が予算を編成すると1月では間に合わないため4月となった。また、当時世界一の経済力を誇ったイギリスの会計年度が4月だったため、イギリスに倣って会計年度を4月からにしたという説もある。

明治初期まで、日本の学校の入学と進級時期は決まっていなかった。外国に倣い、「一斉入学、一斉進級」にしたほうがいいということで、9月から翌年の8月までという区切りを作った。明治19年に会計年度が始まるにつれ、国が積極的に学校年度の統一を指導するようになり、学校も会計年度に合わせて新年度を4月に変えた。

【中譯】

新年度

所謂的年度，是指為了特定的目的而決定的1年劃分方式。在日本，政府機關等為了執行預算期間的「會計年度」和學校等以改換學年為目的的「學年年度」，開始的日子是4月1日。

明明日曆是從1月1日開始，為什麼日本的新年度是從4月1日開始呢？那必須回溯到明治時代。當時日本的主要的產業是稻作。在秋天農家稻米收成，換成現金繳納稅金。然後政府再編列預算的話，在1月會來不及，因此變成4月。還有，當時經濟力誇耀世界第一的英國，其會計年度是4月，因此也有仿傚英國將會計年度定在4月的說法。

到明治初期為止，日本學校的入學和晉級時期並沒有一定。仿傚外國「同時入學，同時晉級」會比較好，因此制定了9月開始至翌年的8月的劃分。明治19年隨著會計年度的開始，國家積極指導統一學校年度，因此學校也配合會計年度將新年度改為4月。

句型練習

1.……のに　明明……

あんなに勉強したのにどうして不合格だろう。

明明那麼用功為什麼會不及格啊！

春なのにまだ寒い。

明明春天了還是很冷。

2.動詞た形＋た＋ほうがいい　……比較好

もう遅いから、早く帰ったほうがいいよ。

已經很晚了，趕快回家會比較好喔！

肉だけじゃなくて、野菜も食べたほうがいいよ。

不要光是肉，也要吃蔬菜會比較好喔。

春 SPRING

入学式（にゅうがくしき）・入社式（にゅうしゃしき）

沒制服的日本公立小學，新生會在入學式當天穿著專程購買的正式服裝。

入学式とは学校に入学する際に行われる儀式のこと。日本の入学式は台湾と違い、毎年4月に行われる。かつては台湾と同じく9月に行われていた。それは近代教育が始まった明治初期は欧米の制度を取り入れていたためである。その後、国の会計年度が4月始まりになり、それに合わせて、入学式や入社式が年度初めの4月に行われるようになった。

入学式の日に子供たちは制服、制服のない一般小学校なら、わざわざ買ってもらった入学スーツを着る。親も改まった服装を着用して参列する。それは入学式が人生に何度しかない晴れの舞台だからだ。

入社式とは、その年に入社する新入社員を一堂に集め、社長などの経営者が訓示を行う儀式だ。日本企業の独特の風習で、外国では殆ど見られない。それは学校を卒業した新卒を一括採用する日本独自の制度だからだ。この入社式を通して、新入社員がその会社の一員としての自覚を持たせることが主な目的である。

單字解說

- 入学する 自動 0：入學
- 儀式 名 1：儀式，典禮
- 違う 自動 0：不同
- かつて 副 1：曾經
- 取り入れる 他動 4 0：採用
- 合わせる 他動 3：配合
- わざわざ 副 1：特意
- 改まる 自動 4：鄭重其事
- 訓示 名 0：訓示
- 自覚 名 0：自覺

【中譯】

入學式・入社式

所謂的入學式是指進學校時所舉行的儀式。日本的入學式和台灣不同，是在每年的4月舉行。過去曾經和台灣一樣，在9月舉行。那是因為在近代教育開始的明治初期採用了歐美的制度。之後，國家的會計年度變成在4月開始，與其配合，入學式和入社式就變成在年度初的4月舉行。

在入學式的當天，小孩子們會穿制服，沒有制服的一般小學，會穿專程買來的入學套裝。父母也會穿著正式服裝列席。那是因為入學式是人生當中難得幾次的盛會。

所謂的入社式，是將當年進公司的新進社員齊聚一堂，由社長等經營者舉行訓示的儀式。這是日本企業獨特的風俗習慣，在外國幾乎看不到。那是因為一併採用學校剛畢業的應屆畢業生是日本獨自的制度。主要的目的是透過這個入社式，讓新進社員持有是公司一份子的自覺。

句型練習

1.しかない　只有

一度しかない人生を悔いなく生きないと本当に悔いてしまう。

只有一次的人生如果不活得不後悔就會真的後悔。

手持ちはちょっとしかない。

手上的現金只有一點點。

2.……を通して　透過……

文化交流を通して国際社会の親善を図る。

透過文化交流謀求國際社會的親善。

マスコミを通して釈明する。

透過媒體說明。

春 SPRING

ゴールデンウィーク

黃金週休期間，機場總是人潮擁擠。

ゴールデンウィークとは、日本で毎年4月の末から、5月の初めにかけて、国民の祝日が続く大型連休のこと。4月29日の「昭和の日」から、5月3日の「憲法記念日」、5月4日の「緑の日」、5月5日の「こどもの日」までの週が中心となる。さらにその直前と直後、間に挟む土曜日、日曜日、および振替休日などを含めて、長い時は10連休になることもある。一年の中、お正月とお盆休みを除いて、最も長い連休だ。

毎年、今年のゴールデンウィークは何連休になるのかと話題に挙がることも多い。

大型連休を利用して、国内旅行はもちろん、海外旅行や帰省する人が大勢いる。早い時期から飛行機やホテルを予約しないと取れない場合が多くある。

そして、値段も通常よりかなり高くなる。ゴールデンウィーク中、空港や主要ターミナル駅、観光地などでいつも混雑している。作者のように人混みや渋滞が苦手であれば近場を回ったり、家でのんびりするのもいい休日の過ごし方ではないか。

單字解說

- ゴールデンウィーク 名 6：（和制英語）黃金週
- 続く 自動 0：連續
- 挟む 他動 2：穿插，夾
- 振替休日 名 5：補假
- 含める 他動 3：包含
- 除く 他動 0：除去
- 挙がる 自動 0：上，登
- ターミナル駅 名 6：大眾運輸如公車或電車的總站
- 近場 名 0 3：附近
- のんびりする 自動 3：輕鬆度過

【中譯】

黃金週

所謂的黃金週是指日本每年從4月底起至5月初，連續國定假日的大型連休。從4月29日的「昭和日」、5月3日的「憲法紀念日」、5月4日的「綠化節」，到5月5日的「兒童節」的星期為中心。再包含之前、之後與中間穿插的星期六和星期日，以及補假等，長的時候會長達10連休。一年當中，除了新年和盂蘭盆節，是最長的連休。每年，今年的黃金週是幾連休常蔚為話題。

利用大型連休，國內的旅行不用說，出國旅行或回老家的人很多。如果不從很早的時期開始訂機票或飯店的話很多會訂不到。而且價格也會比平常貴很多。

黃金週期間，機場和主要大眾運輸的總站、觀光區等地總是很擁擠。像作者般討厭人潮、塞車的話，在附近晃晃或是待在家裡輕鬆度過，不也是很好的度假方式嗎？

句型練習

1. ……から、……まで　從……到……

東京から、大阪まで新幹線で約3時間かかる。

從東京到大阪搭新幹線大約要花3小時。

3月の下旬から、4月の上旬までは桜の見ごろだ。

從3月下旬到4月上旬是賞櫻最好的時候。

2. 動詞ない形＋ないと　不……的話會……

早くしないと遅刻するよ。

不快一點的話會遲到喔。

親の話を聞かないと後悔するよ。

不聽父母的話會後悔喔。

春 SPRING

端午(たんご)の節句(せっく)
こどもの日(ひ)

在兒童節，有男孩子的家庭會擺設盔甲或懸掛鯉魚旗來祈求孩童的健康成長。

日本では、端午の節句のことをこどもの日とも呼ぶ。1948年に5月5日を「子供の人格を重んじ、子供の幸福を図るとともに、母に感謝する」お休みの日と決められてから、端午の節句をこどもの日と呼ぶようになった。

端午の節句とは本来男の子のためのお祝いだった。江戸時代から武家の男の子の出世を祈る日として定着してきた。この日には男の子の健やかな成長を祈願し、鯉のぼりをあげ、鎧兜を飾り、菖蒲湯に入り、柏餅を食べて祝う。

鯉は流れの速い川でも元気に泳ぎ、滝も登るとされる魚。そんな逞しい魚のように、どんな困難にも立ち向かって成功をおさめるようにと願って、鯉のぼりをあげられるようになった。鎧兜は昔、戦いのときに体を守っていたことから、男の子を病気から守って災いを祓うお守りとして飾られる。菖蒲は「勝負」「尚武」に通じ、葉っぱは強い香りがあるため、病気や悪いものを追い払ってくれるとされている。そして、柏は新芽ができるまで葉が落ちないため、端午の節句に柏の葉で包んだ柏餅を食べて子孫繁栄を願う。これらの風習は現在でも行われている。

單字解說

- 呼ぶ 他動 0：叫
- 重んじる 他動 4 0：注重
- 図る 他動 2：謀求
- 祈る 他動 2：祈求
- 定着する 自 0：固定
- 泳ぐ 自動 2：游
- 登る 自動 0：逆流而上，登上
- 逞しい イ形 4：勇健的
- 守る 他動 2：守護
- 包む 他動 2：包

【中譯】

端午節・兒童節

在日本，端午節也叫兒童節。自從1948年將5月5日定為「注重兒童的人格，謀求兒童的幸福並感謝母親」的假日，便稱端午節為兒童節。

所謂的端午節本來是為了男孩子的慶祝。從江戶時代就被當作是祈求武士門第的男孩出人頭地的日子而固定起來。在這天不僅要祈禱男孩子健全的成長，還會掛上鯉魚旗、擺設盔甲、泡菖蒲湯、吃柏餅來慶祝。

鯉魚是種即使在湍急的河流當中也可以游得很有元氣、衝上瀑布的魚。就像那勇健的魚般，希望遇到任何困難都能夠面對並獲得成功，而開始掛鯉魚旗。因為以前在戰爭的時候盔甲可守護身體，所以被當作避免男孩子生病消除災厄的護身符來擺設。菖蒲和「勝負」、「尚武」（日語發音）相通，而且葉子有強烈的香味，因此被認為能夠驅逐疾病和不好的東西。還有柏樹直到發新芽為止，葉子不會凋落，因此在端午節會吃用柏葉包的柏餅來祈求子孫繁榮。而這些風俗習慣在現在依然進行中。

句型練習

1.（名詞）のため　因為

人身事故のため、一時運転見合わせになった。

因為人身事故，暫時停止運行。

念のため、もう一度チェックしてください。

為了慎重起見，請再檢查一次。

2.（名詞）のように　像……一樣

鳥のように空を飛びたい。

想像鳥一樣在天空飛翔。

彼女のように素敵な女性になりたい。

希望變成像她一樣完美的女性。

春 SPRING

潮干狩り

しおひが

採貝只需簡單的道具，是老少咸宜的休閒娛樂之一。

潮干狩りとは、海の砂浜で、砂の中の貝などを採ることである。貝拾い、貝掘りともいう。日本の潮干狩りのシーズンは春から夏が一般的。特にゴールデンウィーク頃、全国各地の潮干狩りの風景が各メディアで伝えられ、連休の風物詩の一つとして知られている。

日本では、潮干狩りで採る貝は、主にアサリだが、地域によって、ハマグリやバカガイ、マテガイなどもある。潮干狩りには熊手、バケツ、サンダルなど簡単な道具しか必要としない。味噌汁や酒蒸し、パスタ、バター焼きなどのご馳走が作れるので、家族で気軽に楽しめる海のレジャーの一つである。

日本では潮干狩りのできる場所は無料と有料がある。無料で貝が採れるならお得だが、実際は有料の方が人気がある。その理由は貝の採れる量だ。有料の潮狩り場では、人工的に大量のアサリを砂浜に撒いてくれるので、ある程度の量が採れる。

最後、注意しなければならないのは漁業権が設定されている地域では勝手に貝を採ることが禁止されている。下手をすれば、「密漁」になる可能性もある。

單字解說

- 砂浜 名 0：沙灘
- シーズン 名 1：季節（英：season）
- メディア 名 1 0：媒體（英：media）
- 気軽 ナ形 0：輕鬆愉快
- レジャー 名 1：休閒娛樂（英：leisure）
- 得 名 0：划算
- 撒く 他動 1：撒
- 設定する 他動 0：設定
- 勝手 ナ形 0：任意，隨便
- 禁止する 他動 0：禁止
- 密漁 名 0：盜採，非法捕魚

【中譯】

採貝

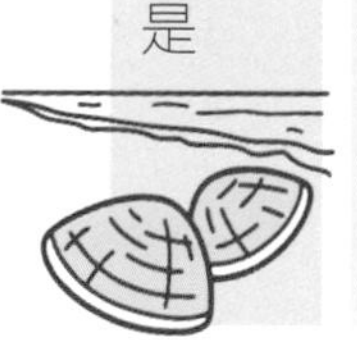

所謂的採貝，是指在海邊的沙灘採取沙中的貝類等。也可以叫做撿貝或挖貝。日本採貝的季節一般是在春天到夏天。特別是黃金週的時候，各媒體會報導全國各地採貝的景象，被當作連假的風物詩之一而廣為人知。

在日本，採貝所採取的貝類主要是海瓜子，因地方，也有蛤蜊、馬珂蛤、竹蟶等。採貝時只需要耙子、水桶、拖鞋等簡單的道具。因為可做味噌湯、用酒清蒸、義大利麵、焗烤等美食，是家庭可輕鬆享受的海邊休閒娛樂之一。

在日本可以採貝的場所有免費和收費。雖然採貝免費很划算，但實際上收費的比較受歡迎。理由是貝可採收的量。在收費的採貝場，因為會有人工撒大量的海瓜子在沙灘上，可以採收到某種程度的量。最後，必須注意的是在有設定漁業權的地方禁止任意採貝。搞不好的話也有可能會變成「盜採」。

句型練習

1. ……の一つ　……之一

旅行の楽しみの一つはおいしいものを食べることだ。

旅行的樂趣之一就是吃好吃的東西。

彼との結婚を決めた理由の一つは彼が誠実だからだ。

決定和他結婚的理由之一是因為他誠實。

2. ……によって　因……

今回の発明によって、医学は大きく発展するだろう。

因這次的發明，醫學會有很大的發展吧。

この電車は時間によって混み具合が全然違う。

這輛電車因時間，擁擠的程度完全不一樣。

楽しい週末や連休が終わり、一気に現実に引き戻され、会社や学校に行きたくない人は少なくないはず。日本でも、「五月病」という言葉が出るほど、長い連休の後、職場や学校へ行く気がなくなる人が大勢いる。五月病とは、正式な医学用語ではなく、新しい環境に適応できないことで現れる精神の不安定状態の総称。

　日本においては、新年度の4月は入学やクラス替え、就職、異動、一人暮らしなどの新生活の始まる時期である。その新生活がもたらす変化に適応できないことが原因で、抑うつや焦り、不安感、無気力、不眠、強い疲労感などうつ病に似た症状を引き起こす。

　その症状は特に5月のゴールデンウィーク明け頃から起こることが多い。長い休みに入ると今まで蓄積されてきた疲れや緊張感から一気に解放され、気が抜けてしまい、無気力になるのだ。

　五月病を防ぐには、気分転換やストレス発散のできることを見つけたり、十分な睡眠とバランスのよい食事をとったりすることが挙げられる。どうにもならない時、一人で悩まないで身近な人や専門家に相談することも必要だ。

【中譯】

五月病

快樂的週末或連假結束，一

口氣被拉回現實，不想去上班或上學的人理應不少。在日本還甚至出現「五月病」這樣的語詞，有很多人在很長的連假之後變得不想去公司或學校。所謂的五月病，並非正式的醫學用語，而是因為無法適應新的環境，所呈現不安定的精神狀態的總稱。

在日本，新年度4月是入學、換班級、就業、調動、一個人生活等開始新生活的時期。因為無法適應新生活所帶來的變化，而引起抑鬱、焦慮、不安、沒精神、失眠、強烈疲勞感等類似憂鬱症的症狀。

該症狀特別在5月黃金週快結束時最常引起。那是因為一旦進入長期休假，累積至今的疲勞和緊張一口氣被解放，鬆懈之下，就會變得沒精神。

要預防五月病，可尋找轉換心情或發洩壓力的方法，並取得充足的睡眠和均衡的飲食。怎樣都不行的時候，不要一個人煩惱，和身邊的人或專家商量也是必須的。

單字解說

- 終る（おわる） 自動 0：結束
- 引き戻す（ひきもどす） 他動 4：拉回
- 異動（いどう） 名 0：調動
- 抑うつ（よくうつ） 名 0：抑鬱
- 不眠（ふみん） 名 0：失眠
- うつ病（うつびょう） 名 0：憂鬱症
- 似る（にる） 自動 0：像
- 引き起こす（ひきおこす） 他動 4：引起
- 防ぐ（ふせぐ） 他動 2：預防
- 身近（みぢか） ナ形 0：身邊
- 相談する（そうだんする） 他動 0：商量

句型練習

1. ……はず　理應……，應該……

楽しいパーティーになるはずだったのに、彼のせいでつまらなくなった。

理應是個快樂的宴會，卻因為他的緣故變得很無趣。

彼はもう寝ているはずだ。

他應該已經睡著了。

2. ……たり……たり　……或……

暇な時は映画を見たり、音楽を聞いたりする。

閒暇的時候會看電影或聽音樂。

インドの映画はよく歌ったり踊ったりして面白い。

印度的電影常常會唱歌或跳舞很有趣。

春

はつがつお

初鰹

表面炙烤再做成生魚片是初鰹最普遍的吃法。

日本の鰹は太平洋側の海域に生息している。餌を求めて黒潮に乗り、4月から6月頃にかけて太平洋沿岸を北上する鰹のことを「初鰹」という。初鰹は脂が乗っていないため、味がさっぱりしている。初鰹の一番ポピュラーな食べ方と言えば、やはり「たたき」

單字解說

- 生息する 自動 0 ：棲息，生活
- ポピュラー ナ形 1 ：普遍（英：popular）
- 落とす 他動 2 ：去除
- 炙る 他動 2 ：炙烤
- 加わる 自動 0 3 ：添上
- 味わい 名 0 ：味道
- 初物 名 0 ：剛上市的時鮮
- 好む 他動 2 ：喜好
- みなぎる 自動 3 ：充滿
- 験担ぎ 名 3 ：討吉利

だろう。鱗を落として皮ごと炙る調理法で、鰹の旨味に薬味の風味が加わり、何とも言えない味わいがある。ほかに、刺身やカルパッチョもおすすめだ。

初鰹に限らず、日本人は「初物」を好む民族と言われている。初物とは、実りの時期に初めて収穫された農産物やシーズンに迎えて初めて獲れた魚介類などのこと。初物にはほかの食べ物にはない生気がみなぎっており、食べれば新たな生命力を得られると考えられている。「初物を食べると長生きできる」ということわざも験担ぎみたいなもの。昔は初物を口にできるのは朝廷や有力な武家だけだった。やがて庶民が財力をつけた元禄の頃、初物を食べる風潮が広まった。

機会があれば、ぜひ日本の初物を試してみてほしい。出始めたものの生気やパワーを感じ取れるかもしれない。

【中譯】

初鰹

日本的鰹魚棲息在太平洋側的海域。為了尋求食物，隨著黑潮，從4月至6月左右，沿太平洋沿岸北上的鰹魚，便稱為「初鰹」。初鰹因為不帶脂肪，味道很清爽。說到初鰹最普遍的吃法，還是「表面炙烤再做成生魚片」吧。以去掉魚鱗連皮炙烤的料理方式，鰹魚的美味加上香料的風味，有種說不出的味道。此外，生魚片和義式生魚片也很推薦。

不只限於初鰹，日本人可說是個喜歡「初物」的民族。所謂的初物，是指收成的時期最初收穫的農產品，或是迎接時節最初捕獲的魚貝類等。初物充滿著其他食物沒有的生機，吃下去的話，被認為可得到新的生命力。「吃了初物可以長壽」這個諺語也像是在討吉利。以前能吃到初物的，只有朝廷和有力的武士。結果到了庶民擁有財力的元祿時期，吃初物的風潮才擴展開來。

如果有機會的話，希望大家務必試試日本的初物。或許可感受到剛上市食物的生機或力量。

句型練習

1.……ため　因為……

エラーが起きたため、このページを表示できません。

因為發生錯誤，這個頁面無法表示。

昨日は家にいなかったため、荷物を受け取ることができなかった。

昨天因為不在家，所以無法收到行李。

2.……に限らず　不只限於……

寿司は日本に限らず世界でも人気だ。

壽司不只限於日本，在世界也很受歡迎。

あのアイドルは若者に限らずお年寄りにも知られている。

那個偶像不只限於年輕人，連老人也知道。

梅雨（つゆ）	梅雨
衣替え（ころもがえ）	換季
ボーナス	獎金
海開き（うみびらき）・山開き（やまびらき）	開海・開山
お中元（ちゅうげん）	中元送禮
七夕（たなばた）	七夕
土用の丑の日（どようのうしのひ）	土用的丑日
お盆（ぼん）	盂蘭盆節
夏祭り（なつまつり）	夏日祭典
浴衣（ゆかた）	浴衣
花火大会（はなびたいかい）	煙火大會
ビアガーデン	露天啤酒屋
全国高等学校野球選手権大会（ぜんこくこうとうがっこうやきゅうせんしゅけんたいかい）	全國高中棒球錦標賽

なつ

夏

SUMMER

夏 SUMMER

梅雨（つゆ）

日本除了北海道，在本州、四國、九州、沖繩地方都有梅雨。

梅雨とは、春から夏に移る時期に東アジアから東南アジアにかけて見られる長雨のこと。「ばいう」とも読む。日本は北海道を除き、本州、四国、九州、沖縄地方で梅雨が見られる。

梅雨の語源は、この時期は梅の実が熟す頃であることからという説やこの時期は湿度が高く、黴が生えやすいことから「黴雨」と呼ばれ、これが同じ発音の梅雨に転じたという説もある。

日本の気象庁は「梅雨前線」が日本の南海上に現れ、ぐずついた天気が続くと「梅雨入り」（入梅ともいう）を発表する。

また梅雨前線が北上して晴れが続くようになると「梅雨明け」となる。統計では、梅雨入りは一番早い沖縄地方が５月８日で、梅雨明けは最も遅い東北北部が７月27日頃である。

梅雨は雨の強弱や様子によって色々な呼び方がある。例えば、梅雨期間中に一時的に晴

單字解說

- 移る 自動 2：變，移動
- 熟す 自動 2：成熟
- 湿度 名 2 1：濕度
- 生える 自動 2：發，長
- 転じる 自他動 0 3：轉變
- 現れる 自動 4：出現
- ぐずつく 自動 0 3：天氣陰晴不定
- 発表する 他動 0：發表
- 晴れる 自動 2：放晴
- 多様 ナ形 0：多樣

れる梅雨を「梅雨晴れ」、雨量があまり多くない梅雨を「空梅雨」、弱い雨が続く梅雨を「女梅雨」、激しく降ってすぐに晴れる梅雨を「男梅雨」と呼ぶ。梅雨でも多様な顔を見せてくれる。

【中譯】

梅雨

所謂的梅雨，是指從春天轉變到夏天的時期，由東亞到東南亞所看到的長雨。也念成「ｂａｉｕ」。日本除了北海道，在本州、四國、九州、沖繩地方都看得到梅雨。

梅雨的語源有這個時期是梅子成熟時期的說法，以及這個時期因為濕度高容易發黴，所以稱為「黴雨」，進而轉變成和此相同發音的梅雨的說法。

日本的氣象廳當「梅雨前線」出現在日本的南海上，並持續陰晴不定的天氣時，就會發表「梅雨開始」（亦稱入梅）。還有梅雨前線北上，天氣持續晴朗時，就是「梅雨結束」。據統計，梅雨最早開始的沖繩地方是在5月8日，而梅雨最晚結束的東北北部是在7月27

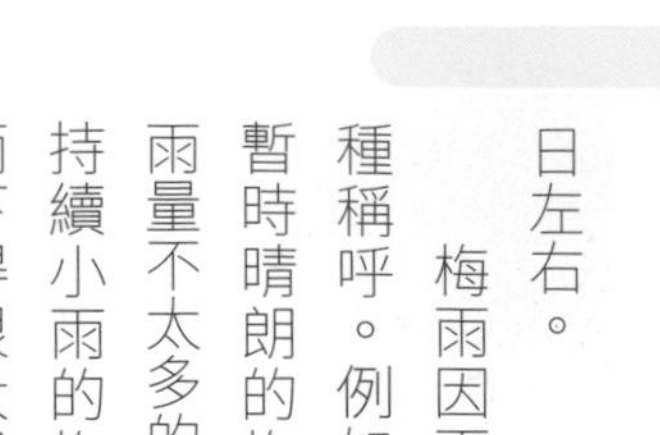

日左右。

　梅雨因雨的強弱或樣子有各種稱呼。例如梅雨期間當中，若暫時晴朗的梅雨叫「晴梅雨」，雨量不太多的梅雨叫「空梅雨」，持續小雨的梅雨叫「女梅雨」，雨下得很大但馬上放晴的梅雨叫「男梅雨」。梅雨也展現著多樣的面貌。

句型練習

1. ……にかけて　**從……到……**

明日は昼から夜にかけて大雪になるそうだ。

明天從白天到晚上聽說會下大雪。

岩手県から福島県にかけて大きな地震が発生した。

從岩手縣到福島縣發生了大地震。

2. 動詞ます形＋やすい　**容易……**

今使っている枕はとても寝やすい。

現在使用的枕頭非常好睡。

今働いている会社は給料もいいし働きやすい。

現在工作的公司薪水也好，而且很好工作。

夏 SUMMER

衣替え

ころも が

在大部分的區域，學校、企業或政府機構的制服會在6月和10月1日換季。

四季があり、季節によって天気や気温がはっきり変化する日本では、季節ごとに服や持ち物を替える習慣がある。特に夏冬の季節の変わり目に衣類を替えることを「衣替え」

單字解說

- 変化（へんか）する 自動 1 ：變化
- 替（か）える 他動 0 ：更換
- 衣替（ころもが）え 名 0 ：換季
- ずれる 自動 2 ：延緩，調動
- 暖（あたた）かい イ形 4 ：溫暖的
- 行（おこな）う 他動 0 ：進行，施行
- 倣（なら）う 自動 2 ：仿效
- 採用（さいよう）する 他動 0 ：採用
- 防虫剤（ぼうちゅうざい） 名 3 0 ：防蟲劑
- 一新（いっしん）する 自他動 0 ：煥然一新

という。大半の地域では、学校や企業、官公庁の制服の衣替えの日は6月1日と10月1日となっている。多くの場合、2週間から1ヶ月間の移行期間が設けられる。比較的に寒い北海道では、半月ずつずれた6月15日と9月15日に衣替えをすることが多い。また、暖かい南西諸島では、毎年の5月1日と11月1日に衣替えを行う。

日本の衣替えの習慣は中国の風習に倣った宮中行事が起源で、平安時代から始まった。当初は貴族だけの習慣で、年に2回夏服と冬服に替えるのだ。明治維新の際、新暦が採用されてから、夏服は6月1日～9月30日、冬服は10月1日～5月31日となった。

衣替えの際、大量の服を出したり、しまったり、防虫剤を入れたりすることは大変だが、この機会に気分を一新して新しい季節を迎えるのもいいのではないか。

【中譯】

換季

在擁有四季，因季節天氣和氣溫明顯變化的日本，有在每個季節更換衣服和隨身用品的習慣。特別是在夏冬季節變換的時候，稱更換衣類為「換季」。在大部分的區域，學校、企業或政府機構制服換季的日期是6月1日和10月1日。大致上，設有2個星期到1個月的緩衝期間。在比較寒冷的北海道，多在各調動半個月的6月15日和9月15日換季。還有，在天氣暖和的西南諸島，則在每年的5月1日和11月1日進行換季。

日本換季的習慣源自於仿效中國習俗的宮中活動，從平安時代就開始。當初只是貴族的習慣，1年2次更換夏服和冬服。在明治維新時採用新曆之後，夏服變成在6月1日～9月30日，冬服變成在10月1日～5月31日。

在換季時，搬進搬出大量的衣服和放防蟲劑雖然很辛苦，但利用這個機會將心情煥然一新，來迎接新的季節也是不錯。

句型練習

1.……ごと　各……，每……

こちらの食器を色ごとに分けてください。

這些食器請按各顏色分類。

1メートルごとに印をつけてください。

請在每1公尺處做記號。

2.……ずつ　各……，每……

今から一人ずつ名前を呼ぶので、呼ばれたら返事をしてください。

現在開始會一個一個叫名字，被叫到的話請回答。

一人暮らしを始めてから、料理が少しずつ上達してきた。

自開始一個人的生活之後，料理有一點一點地進步。

ボーナスとは、定期給の労働者に対して定期給とは別に支払われる特別な給料のことで、賞与とも呼ばれる。日本のボーナスの由来は商人がお盆と年末に奉公人に配った「お仕着せ」と言われている。今では、夏と冬の年2回のボーナス支給が一般的で、時期としては6月の下旬と12月の上旬となっている。

ボーナス支給額を決定する基準は企業ごとに異なるが、最近では業績や職務に対する成果、または職務に対する責任の大きさなどに連動して算出されることも多くなっている。

日本でボーナス支給額が高い業種は製造業、情報通信業、金融業、保険業、マスコミ業で、平均50～80万円以上がある。中でもボーナス支給額ランキングで常に上位にランクインしている自動車・部品業は80万円も超えている。

毎月の給料が日々の生活でギリギリな人にとって、ボーナスはありがたく自分へのご褒美に使う人も多い。「次のボーナスはいくらもらえるかな」「ボーナスをもらったら何に使おうかな」、ボーナスが支給される時期が近づいてくるときっとワクワクするはず。庶民の我が家は家のローンがなければ、旅行にでも使いたい。

【中譯】

獎金

所謂的獎金，是指對定期薪資的勞動者支付別於定期薪資的特別薪資，也稱作「獎賞」。日本獎金的由來據說是商人在盂蘭盆節和年終時分配給佣人的「四季施」。現在一般是在夏天和冬天支付1年2回的獎金，時候是6月下旬和12月上旬。

雖然決定獎金支付額的基準因每個企業而異，但最近連動業績與對職務的成果，或是對職務責任的大小等來計算的也越來越多。

在日本獎金支付額很高的行業有製造業、資訊通訊業、金融業、保險業、大眾傳播業，平均有50～80萬日圓以上。當中，常位居獎金支付額排名前幾位的汽車・零件業甚至超過80萬日圓。

對於每個月薪水剛好過生活的人來說，有很多人很珍惜地把獎金當作自己的犒賞。「下次獎金可以領多少啊」、「領了獎金的話要用在哪兒啊」，一到接近領獎金的時期，應該會很期待。身為庶民的我家若沒有房貸的話，會想花在旅行上。

單字解說

- 支払う（しはらう） 他動 3 ：支付
- 奉公人（ほうこうにん） 名 0 ：佣人
- 配る（くばる） 他動 2 ：分配
- お仕着せ（おしきせ） 名 0 ：雇主按季節供給佣人的衣服，亦稱「四季施」
- 決定する（けっていする） 自他動 0 ：決定
- 異なる（ことなる） 自動 3 ：不同
- 連動する（れんどうする） 自動 0 ：連動
- ランキング 名 1 0 ：排名（英：ranking）
- 超える（こえる） 自動 0 ：超過
- ローン 名 1 ：貸款（英：loan）

句型練習

1. ……に対して　對……

思春期になると、親に対して反抗したくなるものだ。

一旦到了青春期，就會變得想對父母反抗。

社会人になると自分の行動に対して責任を持たなくてはいけない。

一旦成了社會人士，對自己的行動就必須負責任。

2. 動詞た形＋たら　……的話

そんなことを言ったら親は悲しむだろう。

說那種話父母會傷心的。

あの人はよく見たらかなりの年だ。

那個人仔細一看的話有相當歲數了。

賞与支給明細書

令和 2 年夏季一時金支給分　　所属 / 庶務二　　社員番号 /15088　　氏名 / 桃太郎

支給	賞与	業績加算				総支給額
	600,670	50,000				
	欠勤等控除					
						650,670
控除	健康保険	介護保険	厚生年金	雇用保険		社会保険料控除額合計
	32,207	5,362	59,091	2,603		99,263
	所得税	財形貯蓄				控除額合計
	22,519	60,000				468,888

夏 SUMMER

海開き・山開き

富士山開放登山的時期為7月1日至9月上旬。

海開きとは、海水浴場をその年に初めて開くことを言う。水質・水温検査やサメの防護ネットの設置、ライフセーバー・監視員の配置、ごみの除去など、泳げるようにするための準備が整う日のことを指す。また海開きの初日にシーズン中の安全と繁盛を祈願する神事も行われる。

日本では、海開きの日程は全国で統一されていないが、6月下旬から7月上旬頃が一般的。そして、南へ行けば行くほど海開きは早くて長い期間海水浴を楽しめ、北へ行けば行くほど遅くて短い期間になってしまう傾向がある。

国土の約75％を山地が占める日本では、古くから山は神聖な場所とされ、むやみに立ち入ることを禁じ、夏の一定期間だけ信仰行事として登山が解禁される。これが「山開き」の起源である。現在ではスポーツとして登山の開始期を山開きという。世界的に人気のある富士山の山開きは

7月1日で、9月上旬の「山じまい」まで、登山が可能である。

夏と言えば海の季節というイメージが根強いが、実は山のレジャーも活発に行われる季節なのだ。皆も夏の海や山を思い切り満喫してみてはいかがだろうか。

【中譯】

開海・開山

所謂的開海，是指該年海水浴場首度的開放。亦指水質・水溫檢查、防鯊網的設置、救生員・監視員的配置或垃圾的清理等準備齊全可以游泳的日子。還有在開海的第一天也會舉行祭神儀式來祈求季節期間的安全與繁盛。

在日本，雖然開海的日期全國沒有統一，但一般是從6月下旬至7月上旬左右。還有，越往南走開海越早，可享受較長期間的海水浴，而越往北走則越晚，有期間變短的傾向。

山地約占國土75%的日本，自古以來山就被視為神聖的場所，禁止隨便入內，只有夏季一定的期間當作信仰活動，登山才被解禁。這就是「開山」的起源。而現在則稱當作運動的登山開始期為「開山」。在世界擁有人氣的富士山的開山為7月1日，到9月上旬「封山」為止，可以登山。

說到夏天，印象上為海的季節雖然根深蒂固，實際上也是山林休閒興盛的季節。大家不妨盡情享受夏天的海洋與山林如何？

單字解說

- 開く 自動 2：開放
- ライフセーバー 名 4：救生員（英：lifesaver）
- 泳ぐ 自動 2：游泳
- 整う 自動 3：齊備
- 神事 名 1：祭神儀式
- 統一する 他動 0：統一
- 傾向 名 0：傾向
- 禁じる 他動 0 3：禁止
- 解禁する 他動 0：解禁
- 根強い イ形 3：根深蒂固的

句型練習

1.動詞假定形＋ば……ほど　越……越……

彼女を見れば見るほど好きになる。

越看她越喜歡。

この問題は考えれば考えるほど分からなくなる。

這個問題越想越迷糊。

2.……てしまう　……完了（表示不能恢復原狀）

楽しいお正月があっという間に終ってしまった。

快樂的新年轉瞬間就結束了。

取り返しのつかない失敗をしてしまった。

造成無法挽回的失敗。

夏 SUMMER

お中元

每年接近中元送禮的時期，各大百貨公司會設專區競相銷售中元禮品。

單字解說

- 挨拶 名 1：問候
- 融合する 自動 0：融合
- 生む 他動 0：衍生
- 込める 他動 2：傾注
- 区切り 名 3 0：段落
- 用意する 他動 1：準備
- 旬 名 1 0：應時
- 水引 名 0：禮繩
- のし紙 名 2：印有禮籤的包裝紙
- 普段 名 1：平常
- 伝える 他動 0：傳達

日本の夏のご挨拶であるお中元は中国道教の年中行事である「中元」に由来している。これに日本古来の先祖供養の風習が融合し、親類などへお供え物を配る習慣が生まれたと言われている。江戸時代には、感謝の気持ちを込め、贈り物が贈られるようになった。現代では上半期の区切りにお世話になった人へ物を贈る習慣として定着している（下半期は「お歳暮」という）。

　お供え物の意味を持っていたこともあり、お中元として用意される品物は食べ物が中心であり、スイカやメロン、桃、マンゴーといった旬のフルーツやそれらを使った和洋菓子、ビールやジュースのような清涼感のある飲み物など夏らしさを感じさせてくれる物が人気だ。

　お中元には紅白蝶結びの水引が付いたのし紙をかける。表書きは「お中元」とし、下に贈る人の名前を書く。お中元を贈る時期は地域によって異なるが、首都圏では6月下旬から7月中旬頃までに贈るのが一般的。普段からお世話になっている方がいれば、この機会で感謝の気持ちを伝えるのもいいかもしれない。

【中譯】

中元送禮

　日本夏季的問候中元送禮是來自中國道教每年固定的儀式「中元」。據說這是與日本自古以來供奉祖先的習俗融合，衍生為將祭品分送給親友等的習慣。至江戶時代，便演變成為表達謝意，而贈送禮物。現在則固定為送禮給上半期期間受照顧的人的習慣（下半期稱為「歲暮」）。

　因為也帶有祭品的意思，被當作中元禮品所準備的物品以食物為中心，像是西瓜、哈密瓜、水蜜桃、芒果等應時的水果，或使用這些水果製作的和風西式甜點、啤酒、果汁具有清涼感的飲料等讓人感覺到夏意的東西最受歡迎。

　中元贈送的禮品會覆蓋上附有紅白蝴蝶結禮繩的禮籤紙。上面會寫上「中元」，下面會寫下贈禮人的名字。贈送中元禮品的時期雖然因地方而異，但一般來說首都圈是從6月下旬至7月中旬左右贈送。如果平常有受照顧的人，利用這個機會來傳達感謝的心情或許也不錯。

句型練習

1.……に由来している　**來自……**

この外来語はラテン語に由来している。

這個外來語是來自拉丁語。

施設名は創設者の名前に由来している。

設施的名稱是來自創立者的名字。

2.……かもしれない　**或許……**

走れば終電に間に合うかもしれない。

用跑的話，或許可以趕上最後一班電車。

彼女は薬指に指輪をしているし、結婚しているかもしれない。

她的無名指還戴著戒指，或許已經結婚了。

夏 SUMMER

たなばた 七夕

七夕這天會在詩箋寫下自己的願望，並懸掛在小竹子上來祈求願望的實現。

日本の七夕は新暦の7月7日（地域によって旧暦も）に行われる行事だ。この日に「短冊」と呼ばれる紙に願い事を書いて笹竹の葉に吊す。

その由来は中国から伝わってきた織姫と彦星の伝説と手芸の上達を願う宮廷行事「乞巧奠」と日本古来の行事「棚機」が合わさり、現在のような形になった。

なぜ七夕を「しちせき」ではなく、「たなばた」と読むのか。それは日本には古来より「棚機女」と呼ばれる女性が機織をしてできた布を神様に供えて災厄が起こらないように願う行事「棚機」があった。七夕をタナバタと読むのはこの「棚機女」がもとになっていると言われている。

笹竹は冬の寒さにも負けず、まっすぐ育つ

生命力が備わっていることから、昔から神聖な植物とされてきた。また短冊の五色は中国で生まれた陰陽五行説に当てはめたもので、緑＝木、赤＝火、黄＝土、白＝金、黒＝水を意味する。

宮城県仙台市や神奈川県平塚市など、毎年盛大な七夕まつりが行われている。機会があればぜひ見に行ってください。

【中譯】

七夕

日本的七夕是在新曆7月7日（因地方而異也有舊曆）所舉行的儀式。這一天會在被稱為「詩箋」的紙上寫下願望，然後懸掛在小竹子的葉子上。其由來是結合由中國傳來的織女和牛郎的傳說與祈求手藝進步的宮廷儀式「乞巧奠」以及日本自古以來的儀式「棚機」，而成為像現在的形式。

為什麼七夕不念成「shichiseki」卻念成「tanabata」？那是因為在日本自古就有被稱為「棚機女」的女性將織成的布供奉給神明祈求不要發生災厄的儀式「棚機」。七夕會念成 tanabata 據說就是根據這個「棚機女」。

因為竹子具有不畏冬寒，直直成長的生命力，從以前就一直被視為神聖的植物。還有詩箋的五色是應用在中國誕生的陰陽五行說，意味著綠＝木、紅＝火、黃＝土、白＝金、黑＝水。

宮城縣仙台市或神奈川縣平塚市等地，每年都會舉辦盛大的七夕祭典。有機會的話務必去看看。

單字解說

- 短冊（たんざく） 名 0 4 ：詩箋
- 笹竹（ささたけ） 名 2 ：小竹子
- 吊す（つるす） 他動 0 ：懸掛
- 合わさる（あわさる） 自動 3 ：結合
- 供える（そなえる） 他動 3 ：供奉
- 負ける（まける） 自動 0 ：輸，屈服
- 育つ（そだつ） 自動 2 ：成長
- 備わる（そなわる） 自動 3 ：具有
- 当てはめる（あてはめる） 他動 4 ：適用，應用
- 盛大（せいだい） ナ形 0 ：盛大

句型練習

1.……より　從……

平素より大変なお世話になっております。

從平常就深受照顧。

皆様のご来場を心よりお待ちしております。

衷心期待大家的蒞臨。

2.……ように　為了……

いつでも単語が調べられるように、スマホに辞書のアプリを入れてある。

為了隨時可以查單字，在智慧手機裝上了字典的軟體。

寝坊しないように、アラームをたくさんかけた。

為了避免睡過頭，設定了很多鬧鐘。

夏 SUMMER

土用の丑の日

據說在土用丑日這天吃鰻魚，可防止因夏季暑熱造成的身體虛弱。

立春、立夏、立秋、立冬前の18日間を「土用」といい、その期間に12周期で巡ってくる干支の丑の日に当たるのが土用の丑の日。現在、土用といった場合、夏の土用を指すことが多い。

日本では、土用の丑の日と聞くとウナギを食べる日だと連想する人が大勢いるに違いない。毎年夏になると「今年の土用の丑の日は○月○日」と話題になったり、ウナギを取り扱うスーパーやお店では販促が始まったりする。

土用の丑の日にウナギを食べるようになったのは、江戸時代の蘭学者・平賀源内が不振のウナギ屋に相談され、「本日、土用の丑の日」と張り紙したところ、飛ぶように売れたことがきっかけと言われている。昔から厳しい夏を乗り切るために「土用の食い養生」という風習があった。また土用には梅干しなど「う」のつく食べ物を食べると夏バテはしないという説もある。

ウナギは蒲焼、白焼き、うまき、卵とじ、ちらしずしなど様々な食べ方がある。ウナギの専門店はもちろん、スーパーでも調理済みの真空パックが売られていて気軽に楽しめる。日本に訪れる機会があれば、ぜひ本場の味を堪能してみてください。

單字解說

- 巡る 自動 0：輪到，循環
- 当たる 自動 0：是（……）日子
- 指す 他動 1：指
- 連想する 他動 0：聯想
- 話題 名 0：話題
- 取り扱う 他動 5 0：銷售，經辦
- 販促 名 0：促銷
- 相談する 他動 0：商量
- 飛ぶ 自動 0：飛
- 乗り切る 自動 3：度過
- 夏バテ 名 0：因夏季暑熱造成的身體虛弱不適

【中譯】

土用的丑日

立春、立夏、立秋、立冬前的18天稱為「土用」，在這期間12週期輪到干支的丑日即土用的丑日。現在說到土用時，多指夏季的土用。

在日本，聽到土用的丑日一定有很多人會聯想到是吃鰻魚的日子。每年一到夏季「今年土用的丑日是〇月〇日」常蔚為話題，銷售鰻魚的超市或店家也會開始促銷。

在土用的丑日開始吃鰻魚，據說是江戶時代銷售不振的鰻魚店和蘭學（江戶時代由荷蘭傳進日本的西洋學術）學者．平賀源內商量，一貼出「今天是土用的丑日」的告示，而馬上大賣為契

機。昔日為了度過酷熱的夏天，有「土用的養生」這個風俗。還有在土用會吃酸梅（梅干し）等帶「う」字的食物可防止因夏季暑熱造成的身體衰弱的說法。

　鰻魚有蒲燒、白燒（不沾醬汁直接烤）、鰻魚蛋捲、鰻魚雞蛋湯、散壽司等多樣的吃法。鰻魚的專賣店不用說，在超市也有銷售料理好的真空包裝可以輕鬆享用。如果有機會造訪日本，一定要享受一下道地的滋味。

句型練習

1. ……という　稱為……，叫做……

毎年ここでは「裸祭り」というお祭りがある。

每年這裡都有稱為「裸祭」的祭典。

トマトにはリコピンという成分が含まれている。

番茄含有叫做茄紅素的成分。

2. ……もちろん……も　不用說……也……

あの選手はスポーツはもちろん、勉強もできるから羨ましい。

那個選手運動不用說，也會讀書真讓人羨慕。

この店では料理はもちろん、野菜もオーナーが自分で栽培している。

這家店料理不用說，蔬菜也是老闆自己栽培的。

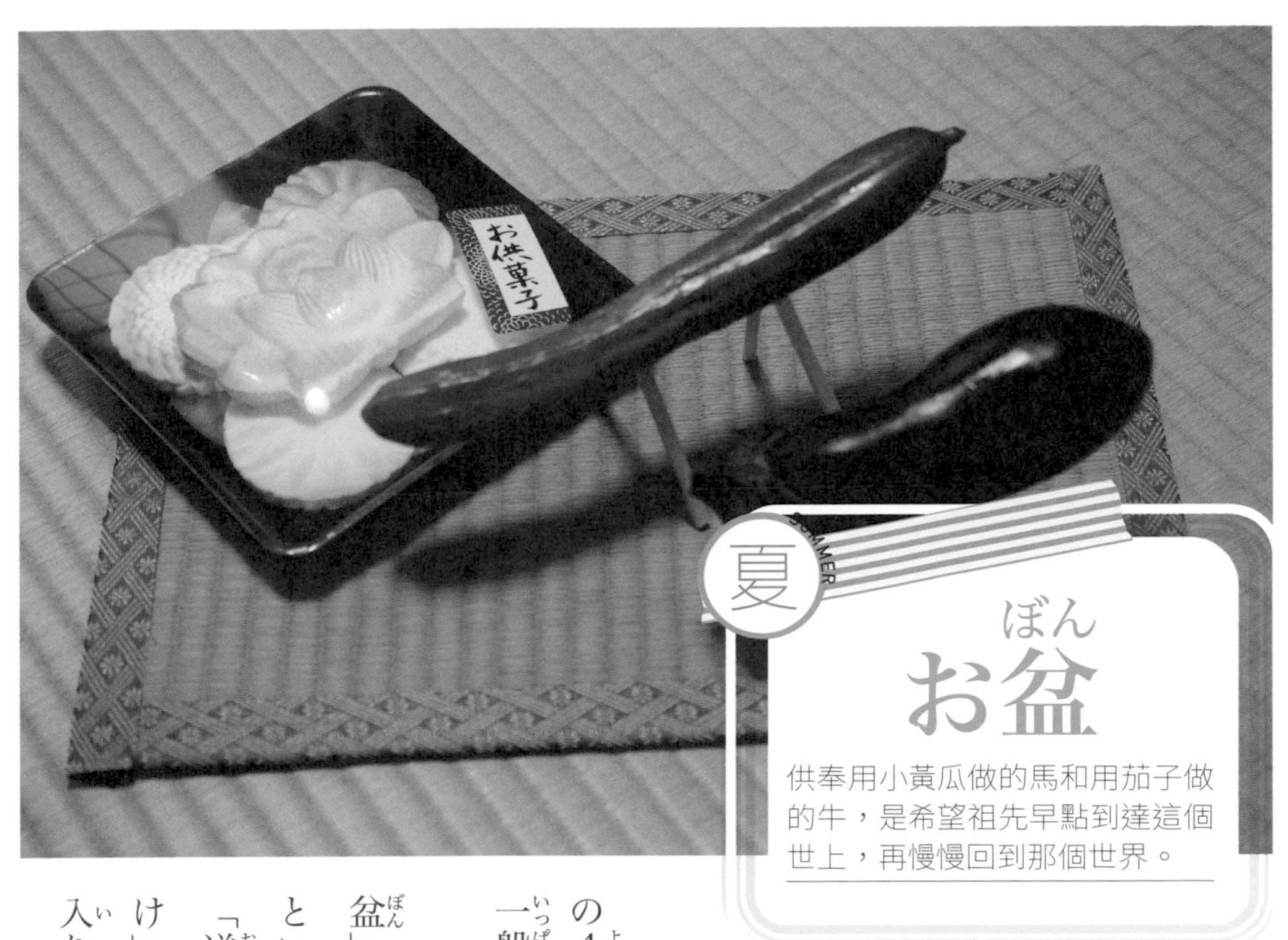

夏 SUMMER

お盆

供奉用小黃瓜做的馬和用茄子做的牛，是希望祖先早點到達這個世上，再慢慢回到那個世界。

お盆とは先祖や亡くなった人の霊を祀る行事。正式には「盂蘭盆会」という。昔は旧暦の7月15日前後に行うことが多かったが、現在では8月13日から16日までの4日間に行われるのが一般的となった。

お盆の初日を「迎え盆」または「お盆の入り」といい、お盆の最終日を「送り盆」や「お盆の明け」という。まずお盆の入りに当たる13日に盆棚（精霊棚とも言う）を作り、位牌、生花、果物、馬や牛を模したキュウリやナスなどを供え、夕方に門前や玄関口で稲わらを燃やして霊を招く迎え火をする。

またお盆が明ける16日の夕方に迎え火と同じように送り火を焚いて先祖の霊を送り出す。「キュウリの馬」と「ナスの牛」は先祖の霊が早足の馬に乗って早くこの世に着くように、足の遅い牛に乗って、ゆっくりあの世へ戻るように、という願いが込められている。

毎年、お盆には必ず旅行や帰省ラッシュが発生する。各地の新幹線や飛行機、高速道路など非常に混雑していて、ホテルもなかなか予約が取れない。日本に旅行する計画があれば、この時期を避けたほうがいいかもしれない。

【中譯】

盂蘭盆節

所謂的盂蘭盆節是祭祀祖先或往生者靈魂的儀式。正式叫「盂蘭盆會」。過去較多在舊曆的7月15日前後舉行，但現在一般是在8月13日起至16日的4天期間舉行。

盂蘭盆節的第一天叫「迎盆」或「入盆」，盂蘭盆節的最後一天則叫「送盆」或「明盆」。首先在入盆的13日，會做盆棚（也叫精靈棚），供奉牌位、鮮花、水果、仿照做成馬或牛的小黃瓜和茄子等，傍晚在門前或玄關口燃燒稻草，來生招靈的迎神火。

還有盂蘭盆節結束的16日傍晚會和迎神火一樣，焚燒送神火來送出祖先的靈魂。「小黃瓜做的馬」和「茄子做的牛」是帶有讓祖先的靈魂搭乘快腳的馬早點到達這個世上，而搭乘腳慢的牛，讓其慢慢返回那個世界這樣的希望。

每年的盂蘭盆節一定會發生旅行或返鄉尖峰。各地的新幹線或飛機、高速公路等都非常擁擠，飯店也相當難訂。如果有去日本旅行的計畫，或許最好避開這個時期。

單字解說

- 亡くなる 自動 0 ：過世
- 祀る 他動 0 ：祭祀
- 模する 他動 2 ：仿照
- 燃やす 他動 0 ：燃燒
- 招く 他動 2 ：召請
- 焚く 他動 0 ：焚燒
- 送り出す 他動 4 ：送出
- 着く 自動 1 2 ：到達
- 戻る 自動 2 ：返回
- 避ける 他動 2 ：避開

句型練習

1.……とは　所謂的……

友情とはかけがえのないものだ。

所謂的友情是無法替代的。

ITとは情報を取得、加工、保存、伝送するための科学技術だ。

所謂的IT是指為了取得、加工、保存、傳送情報的科學技術。

2.……と同じように　和……一樣

私もあなたと同じように寂しい。

我也和你一樣很寂寞。

私はあなたと同じように思う。

我想的和你一樣。

夏 SUMMER

なつまつ 夏祭り 祭

在日本夏日祭典常見的盆舞。

夏から秋にかけて日本はお祭りのシーズンだ。全国各地で様々なお祭りや縁日が行われる。日本の夏祭りはこれまでの農作業の無事を祝い、労をねぎらって豊作を祈願し行われるものや夏の疫病を封じて死者を弔うために行われるものなどがある。ただし近代化によって変質したものも多く、夏祭りは厳粛な行事ではなく、華やかな行事とされる傾向が強くなっている。

日本の三大祭りと言えば、京都の祇園祭、大阪の天神祭、東京の神田祭を指し、東北三大祭りには、青森のねぶた祭、秋田の竿燈祭、仙台の七夕祭りがある。そのほかにも四国の三大祭りや日本全国各地の裸祭り、曳山祭りなど数えきれないほどのお祭りがある。どれも活気に溢れて迫力があり、見どころが満載。

日本の夏祭りでは盆踊りやパレート、花火大会、屋台、山車、祭囃子、歌謡ショー、キャラクターショー、カラオケ大会など多彩多様なイベントが行われる。機会があれば、ぜひ日本夏祭りの熱気とエネルギーを体感してみてはいかがだろうか。心に熱い思い出が残るに違いない。

單字解說

- 縁日（えんにち） 名 1 ：廟會
- ねぎらう 他動 3 ：慰勞
- 封じる（ふうじる） 他動 0 3 ：封住
- 弔う（とむらう） 他動 3 ：祈求冥福
- 変質する（へんしつする） 自動 0 ：變質
- 厳粛（げんしゅく） ナ形 0 ：嚴肅
- 華やか（はなやか） ナ形 2 ：盛大
- 数える（かぞえる） 他動 3 ：數，計算
- 溢れる（あふれる） 自動 3 ：充滿，洋溢
- 体感する（たいかんする） 自動 0 ：體驗

【中譯】

夏日祭典

從夏天到秋天是日本祭典的旺季。在全國各地會舉辦各式各樣的祭典與廟會。日本的夏日祭典有為了慶祝到目前為止田間勞動平安無事、慰問辛勞祈求豐收，以及為了封住夏季的疫病、祈求死者冥福而舉行等等。但是因為現代化，性質改變很多，夏日祭典已非嚴肅的儀式，變成盛大慶典的傾向則越來越強烈。

說到日本的三大祭典，是指京都的祇園祭、大阪的天神祭、東京的神田祭，而東北的三大祭典則有青森的佞武多祭、秋田的竿燈祭、仙台的七夕祭。其他還有四國的三大祭典和日本全國各地的裸祭、曳山祭等難以數計的

祭典。每個都是充滿朝氣具有迫力，看頭十足。

在日本的夏日祭典會舉行盆舞、遊行、煙火大會、路邊攤、花車、祭典音樂演奏、歌謠秀、造型人物秀、卡拉ＯＫ大會等多彩多樣的活動。如果有機會的話，不妨親自體驗看看日本夏日祭典的熱情與活力。一定會在心中留下熱情的回憶。

句型練習

1.そのほかにも……　也有其他……

そのほかにも収入があるだろう。

也有其他的收入吧。

そのほかにも色々便利な使い方がある。

也有其他形形色色便利的使用方法。

2.……に違いない　一定……

彼女は何か隠しているに違いない。

她一定隱瞞著些什麼。

あなたは疲れているに違いない。

你一定累了。

夏 SUMMER

ゆかた 浴衣

現今的浴衣漂亮多彩，很適合買來當作伴手禮。

浴衣とは日本の夏に着られる最もラフな着物。元々はお風呂に入るときに着る「湯帷子」だった。平安時代、お風呂というと蒸し風呂で、麻の着物を着て入った。この着物が湯帷子だ。江戸時代後期には、銭湯が普及し、湯上り着として「ゆかた」が広まった。現在ではお風呂上りだけではなく、夏に着る着物として定着している。90年代頃から浴衣の柄や素材の変化により、夏を楽しむために浴衣を着る「浴衣ブーム」が始まった。若い人たちの浴衣は従来の白や紺の古典的な浴衣の印象から一変して鮮やかでカラフルなものとなった。そして浴衣は若い男女が洋服一辺倒の生活から、気分転換にファッショナブルなおしゃれ着として活用されるようになっている。梅雨明けになると、お祭りや花火大会などでよく若い男女の浴衣姿が見かけられる。

浴衣は普通の着物より簡単に着付けができ、価格も手頃なため、お土産として外国人にとても人気がある。また、京都や浅草、鎌倉などの人気観光地では観光客向けのレンタルショップがあるので、ぜひ浴衣を着て日本の町を歩いてみてください。

【中譯】

浴衣

所謂的浴衣是指日本夏天穿的最輕便的和服。原本是洗澡時穿的「湯帷子」。在平安時代，說到洗澡就是蒸浴，要穿著麻製的衣服進去。這衣服就是湯帷子。在江戶時代後期，澡堂普及，「浴衣」被當作洗好澡時穿的衣服而流行起來。現在不僅是剛洗好澡，也被當作夏天穿的和服而固定下來。

90年代左右起因浴衣的花樣和材質產生變化，為了享受夏天的樂趣開始了穿浴衣的「浴衣熱潮」。年輕人們的浴衣從以前的白色或深藍色古典的浴衣印象轉變成漂亮多彩。而且浴衣還被年輕男女從一面倒穿洋服的生活中當作轉換心情、時尚的外出服來活用。梅雨結束後，在祭典或煙火大會等常常可以看到年輕男女穿著浴衣的模樣。

因為浴衣穿起來會比普通的和服簡單，價格也很合理，當作伴手禮對外國人很受歡迎。還有在京都或淺草、鎌倉等受歡迎的觀光勝地因有專供遊客的租衣店，務必穿著浴衣在日本的街道走走看。

單字解說

- 着る 他動 0：穿
- ラフ ナ形 1：輕便（英：rough）
- 普及する 自動 0：普及
- 広まる 自動 3 0：流行起來
- 柄 名 0：花樣
- ブーム 名 1：熱潮（英：boom）
- 古典的 ナ形 0：古典的
- 鮮やか ナ形 2：鮮明，漂亮
- 気分転換 名 4：轉換心情
- 活用する 他動 0：活用

句型練習

1. 元々……　原本……

現在でも残る正月の飾りものは、元々年神を迎えるためのものだ。

仍遺留至今的新年裝飾，原本是為了迎接年神的東西。

この建物は元々病院だったが、三年前にホテルに改装した。

這棟建築物原本是醫院，三年前改裝成飯店。

2. ……より　比……，與其……

話しを聞くより、実物をみたほうがいいよ。

與其聽說，看實際物品會比較好喔。

参加者は去年よりかなり減った。

參加者比起去年減少很多。

靜岡縣熱海市８月的煙火大會。

夏と言えば花火大会。夏休み期間の7月、8月は日本全国各地で花火大会が開催される。花火大会当日の夕方から浴衣を着てうちわを手に見物する男女がよく見かけられる。ドラマや映画などでもよくその様子が出てくる。

「なぜ夏に花火大会？」と思う人がいるかもしれない。それはお盆がある時期だからだ。花火は元々送り盆（P63お盆を参照）の時期に送り火として先祖を送り出すために打ち上げられている。また江戸時代に流行った伝染病や病気などで亡くなった人たちを慰めたものが始まりという説もある。それがいつの間にかイベント化し、夏の風物詩となった。

新潟県長岡市の「長岡まつり大花火大会」、茨城県土浦市の「全国花火競技大会」、秋田県大曲市の「大曲全国花火競技大会」が日本三大花火大会と言われている。どれも2万発近い花火が打ち上げられ、スケールの大きさが普通の花火大会と異なり、とても迫力がある。また花火師同士が競う大会でもあるので、多彩多様な花火が見られる。機会があれば見に行ってみてはいかがだろうか。

單字解說

- 開催する 他動 0：舉辦
- うちわ 名 2：扇子
- 見物する 他動 0：參觀
- 見かける 他動 0 3：看見，看到
- ドラマ 名 1 0：電視劇（英：drama）
- 打ち上げる 他動 4 0：放起，發射，施放
- 慰める 他動 4：安慰
- スケール 名 2：規模（英：scale）
- 異なる 自動 3：不同
- 競う 他動 2：競爭

【中譯】

煙火大會

說到夏天就是煙火大會。暑假期間的7月、8月在日本全國各地會舉辦煙火大會。從煙火大會當天的傍晚開始，就可以看到很多穿著浴衣手拿扇子參觀的男女。在電視劇或電影等也常常出現這個景象。

「為什麼是在夏天煙火大會？」或許會有人這麼想。那是因為正值盂蘭盆節的時期。煙火原本是為了送盆（請參照P63盂蘭盆節）的時期被當作送神火送出祖先而施放的。還有在江戶時代為了告慰因流行的傳染病或疾病死亡的人們而始的說法。這些在不知不覺當中活動化，而成為夏季的風物詩。

據說新潟縣長岡市的「長岡

祭典大煙火大會」、茨城縣土浦市的「全國煙火競技大會」、秋田縣大曲市的「大曲全國煙火競技大會」是日本的三大煙火大會。每個都有將近2萬發的煙火被施放，規模的大小和普通的煙火大會不一樣，非常有迫力。還有也因為是煙火師們競爭的大會，可以看到多彩多姿的煙火。有機會的話不妨去看看。

句型練習

1.……と言えば　說到……

あの女は人が右と言えば左と言うのが好きだ。

那個女人說到右邊就愛說成左邊。

どちらかと言えば悪者よりバカの方がいい。

要說哪個的話，比起壞人笨蛋會好些。

2.いつの間にか　不知不覺中

電車で寝ていたら、いつの間にか終点についていた。

在電車睡著之後，不知不覺到了終點。

出会った時は全くタイプじゃなかったけど、いつの間にか彼を好きになっていた。

雖然相遇時完全不是我的菜，不知不覺中就喜歡上他。

ビアガーデン

在戶外喝杯沁涼的啤酒是極佳的消暑方法之一。

お酒が好きな人にとって夏の季節と言えばビアガーデン。暑い夏の季節にキンキンに冷やされたジョッキでビールを豪快に楽しむのは会社帰りのサラリーマンやOLの一日の疲れを癒す最高のご褒美。日本のビアガーデンは殆どが建物の屋上や屋外のため、多くは夏に限定して開設される。夏の暑さをしのぐ方法として大衆に好まれ、夏の風物詩であり、夏の季語にもなっている。

日本初のビアガーデンは１９５３年に大阪梅田の「大阪第一生命ビル店」と言われている。東京オリンピックの頃から数が増え始めた。その後、一度急激に減少したが、また加熱して現在に至っている。

日本従来のビアガーデンの料理のイメージと言えば、焼きそば、枝豆、唐揚げ、ピーナツなどの乾き物だったが、今流行っているビアガーデンは、お酒の種類はもちろん、料理に関してチーズなど特色のあるおつまみから、中華、自席での焼肉、バーベキュー、ジンギスカン、野菜を多く使った健康料理まで様々なバリエーションがあり、人気を得ている。機会があればぜひ堪能してみてください。

【中譯】

露天啤酒屋

對於喜歡喝酒的人來說，提到夏日的季節就是露天啤酒屋。在炎熱的夏季用冰得透心涼的啤酒杯豪邁享受啤酒是下班回家的上班族與ＯＬ療癒一天疲勞的最佳犒賞。日本的露天啤酒屋幾乎都是開在建築物的屋頂或是戶外，因此多限定在夏季開設。被當作度過夏季暑熱的方法而深受大眾喜愛，是夏季的風物詩，也是夏季的季語。

據說日本最初的露天啤酒屋是開在１９５３年大阪梅田的「大阪第一生命大樓店」。從東京奧運時數目開始增加。之後雖一度急劇減少，又開始加熱直到現在。

說到日本過去露天啤酒屋的料理，給人的印象是炒麵、毛豆、日式炸雞、花生等乾貨，現在流行的露天啤酒屋，酒的種類不用

單字解說

- ビアガーデン 名 3 ：露天啤酒屋（英：beer garden）
- 冷やす 他動 2 ：使涼，冰鎮
- 豪快 ナ形 0 ：豪邁
- 癒す 他動 2 ：療癒，治療
- 限定する 他動 0 ：限定
- しのぐ 他動 2 0 ：度過，抵禦
- 季語 名 1 ：在俳句中表示季節的詞
- 急激 ナ形 0 ：急劇
- 加熱する 他動 0 ：加熱
- 流行る 自動 2 ：流行

說，關於料理，從起士等具有特色的小吃，到中華、桌前的燒肉、烤肉、烤羊肉、使用大量蔬菜的健康料理，有各式各樣的變化而受歡迎。有機會的話一定要盡情享受看看。

句型練習

1.……にとって　**對……來說**

この問題はあなたにとっては簡単でも、私にとっては難しい。

這問題即使對你來說很簡單，對我來說卻很難。

スポーツ選手にとって、自分の健康管理は大切だ。

對運動選手來說，自己的健康管理很重要。

2.……と言われている　**據說……**

彼は男の中の男と言われている。

據說他是男人中的男人。

LED照明は目に優しいと言われている。

據說ＬＥＤ照明不傷眼睛。

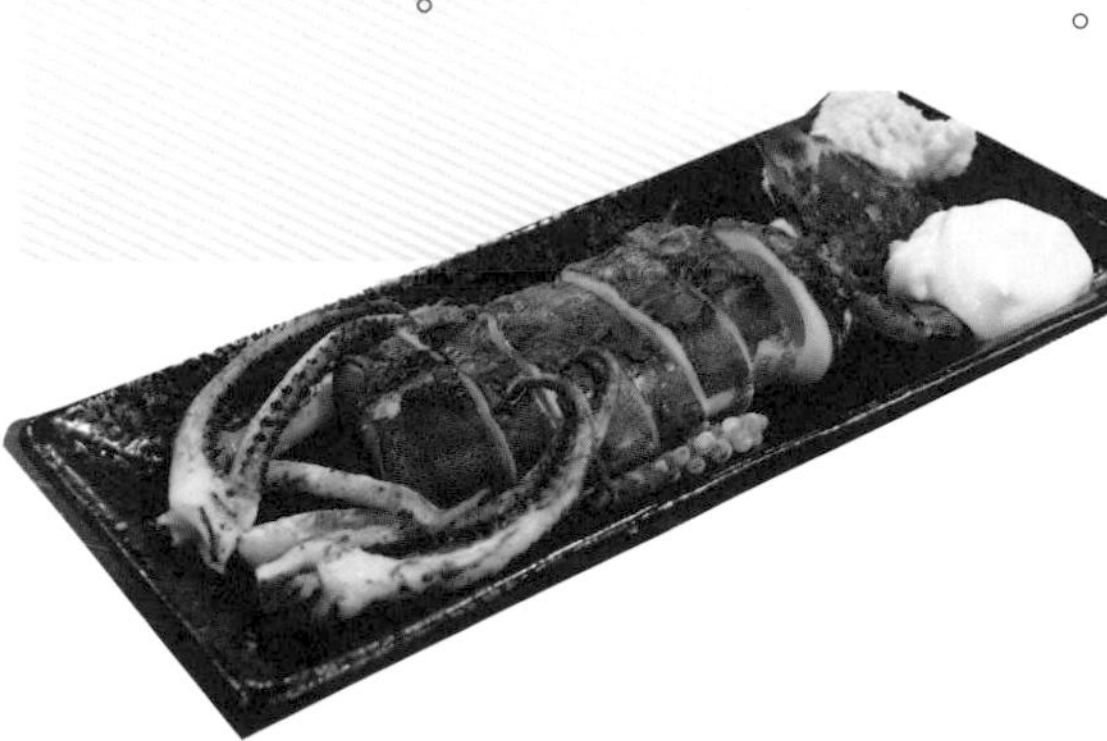

夏 SUMMER

全国高等学校野球選手権大会

甲子園是日本全國高中球員們憧憬的舞台。

日本の全国高等学校野球選手権大会は日本高等学校野球連盟と朝日新聞社が毎年8月に兵庫県西宮市阪神甲子園球場で主催している高校野球大会。一般的に「夏の甲子園」「夏の高校野球」「甲子園」と呼ばれる。出場校は全部で49校だ。

同じ場所で春の「選抜高等学校野球大会」も行われているが、夏の甲子園のほうが遥かに盛り上がりを見せている。なぜなら春とは違い、必ず各都道府県1校は代表として出場していて、自分の出身地の学校を応援することができる。また、夏の甲子園で3年生は引退してしまうので、春の場合は負けてまだ夏があると考えられるが夏はもう後がない。

甲子園と言えば、日本全国高校球児たちの憧れの舞台。日々の練習を積み重ね、予選を勝ち抜いた各都道府県の代表が甲子園球場で熱戦を繰り広げる。そのひたむきな姿はいつも観客にたくさんの感動を与え、日本の夏を熱くする。

【中譯】

全國高中棒球錦標賽

日本的全國高中棒球錦標賽

是日本高中棒球聯盟和朝日新聞社在每年8月於兵庫縣西宮市阪神甲子園球場所主辦的高中棒球大賽。一般被稱為「夏季的甲子園」、「夏季的高中棒球」、「甲子園」。參加的學校全部共49校。

雖然在同樣的場地春季也有舉行「高中棒球選拔賽」，但是夏季的甲子園看起來遠遠熱鬧多了。和春季不同的原因是各都道府縣一定有1校作為代表出場，可以聲援自己出身地的學校。還有，因為在夏季的甲子園3年級學生要引退，春天輸了可以考量還有夏天，但夏季之後就沒機會了。

說到甲子園，是日本全國高中球員們憧憬的舞台。日積月累的練習下，通過預賽的各都道府縣代表在甲子園球場展開熱烈的

單字解說

- 主催する 他動 0：主辦
- 遥か ナ形 副 1：遠遠
- 違う 自動 0：不同
- 出場する 自動 0：出場，參加
- 応援する 他動 0：聲援
- 引退する 自動 0：引退
- 負ける 自動 0：輸
- 憧れ 名 0：憧憬
- 積み重ねる 他動 5：累積
- 勝ち抜く 自動 3 0：戰勝到底

爭奪戰。那一心一意的姿態總是給予觀眾很多的感動，也讓日本的夏天熱了起來。

句型練習

1.……として　**作為……**

妻として、そして母として、この家族を大切に守っていく。

作為妻子以及作為母親，要珍重守護這個家庭。

参考文献として、この本も追加しておきたい。

作為參考文獻，這本書也想追加上去。

2.まだ……　**還……**

その問題はまだ未解決のままだ。

那個問題還原封不動沒有解決。

私はまだ迷っている。

我還在猶豫。

食欲(しょくよく)の秋(あき)	食慾之秋
防災(ぼうさい)の日(ひ)	防災節
敬老(けいろう)の日(ひ)	敬老節
お月見(つきみ)	賞月
紅葉(もみじ)狩(が)り	賞楓
芋(いも)掘(ほ)り	挖薯
運動会(うんどうかい)	運動會
文化祭(ぶんかさい)	文化祭
ハロウィン	萬聖夜
七五三(しちごさん)	七五三
ボジョレー・ヌーヴォー解禁(かいきん)	薄酒萊新酒解禁
新米(しんまい)	新米

あき
秋
AUTUMN

秋

食欲の秋

しょくよく　あき

菇中之王松茸，一到秋天日本料理店就會競相推出相關的料理。

暑い夏が過ぎ去り、過ごしやすい秋がやってくる。「スポーツの秋」「読書の秋」「行楽の秋」「芸術の秋」と様々な秋があるが、やはり一番は「食欲の秋」だ。

食欲の秋は「実りの秋」「味覚の秋」ともいう。その由来については諸説ある。秋はお米が実り、野菜や果物、魚介類がたくさん取れる季節。栗やさつまいも、梨、ぶどう、サンマ、サバ、ナス、きのこ、それから私たちの主食であるお米など多くの食材が旬を迎えるため、いつもより食欲が増す。

もう一つは夏バテした体調を戻すため、涼しくなった秋に自然と食欲が湧く。また、動物的に冬を越えるための準備として体に多くの栄養を取り込もうとする本能から、食欲の秋と呼ばれるようになった。やがて世の中に広まり、人々の間に浸透して今日に至る。ハウス栽培が発達している現在でも、その考えは依然として定着している。

秋に日本を訪れることがあれば、ぜひスーパーやデパ地下へ足を運んでみてください。たくさん旬の物に出会えるはず。また、レストランへ行けば、秋の味覚がたっぷり詰まった季節料理が味わえる。ただし、美味しいからと言ってついつい食べ過ぎてしまわないように気をつけてください。

單字解說

- 過ぎ去る 自動 3 0 ：過去
- 行楽 名 0 ：出遊
- 実る 自動 2 0 ：結實，成熟
- 主食 名 0 ：主食
- 迎える 他動 0 ：迎接
- 増す 自他動 0 ：增大
- 湧く 自動 0 ：湧出
- 越える 自動 0 ：度過
- 浸透する 自動 0 ：滲透
- 発達する 自動 0 ：發達
- 出会う 自動 2 ：遇見

【中譯】

食慾之秋

炎熱的夏季過去，舒適的秋季到來。「運動之秋」、「讀書之秋」、「出遊之秋」、「藝術之秋」雖然有各式各樣的秋天，但排第一位的還是「食慾之秋」。

食慾之秋也可以說是「收成之秋」、「味覺之秋」。有關其由來有多種說法。秋天是稻米成熟、可採收很多蔬菜水果或魚貝類的季節。因為會迎接栗子、番薯、梨子、葡萄、秋刀魚、青花魚、茄子、菇類，以及我們的主食稻米等多種食材季節的到來，食慾會比平時大增。

另外一個理由是為了恢復因夏季暑熱衰弱的身體，在天氣變涼的秋天自然就會食慾大增。還有，基於動物為了過冬身體會攝取很多營養當作準備的本能，而被稱為食慾之秋。不久在世間傳播，滲透在人們之間直到今日。

即使在溫室栽培發達的現在，那想法依然深植人心。

如果要在秋季造訪日本的話，請務必試著將腳步移到超市或百貨公司的地下美食街。應該會碰到很多應時的商品。還有到餐廳的話，也可以品嘗到充滿秋天味覺的季節料理。不過，請千萬小心不要因為美味就吃過頭了。

句型練習

1.やはり……　但還是……

まさかと思ったがやはり本当だった。

雖然認為不可能但還是真的。

いくら値段が高くてもやはり諦められない。

不管價格再怎麼貴但還是無法死心。

2.動詞ます形＋過ぎる　太過……

多肉植物は水をやり過ぎてはいけない。

多肉植物不能澆太多水。

お酒を飲み過ぎて吐きそうになった。

酒喝太多變得很想吐。

秋

防災の日

每到防災週，有很多機關學校或自治團體會舉行防災演習。

毎年の9月1日は日本の防災の日。この日を含む一週間を防災週間という。

防災の日は1923年9月1日に発生した関東大震災の教訓を忘れないように制定された。また9月は多くの台風が日本に上陸する月と言われており、雨風による被害に遭いやすい時期なので、「災害への備えを怠らないように」との戒めも込められている。

9月1日を中心とする防災週間は国民の防災意識を高める期間だ。日本の各地で防災知識の普及のための講演会や展示会、避難訓練、消火訓練、地震体験など、様々な防災に関係するイベントが開催される。

台湾も日本と同じく台風や地震が多い。私たちも普段から自然災害に対処する準備をしなければならない。例えば、飲料水や非常食、防災グッズの常備、地域避難場所や避難経路の確認、家族で災害時の集合場所や連絡方法を決めておくなど普段から準備をしておけばいざというときに慌てないで済む。

【中譯】

防災節

每年的9月1日是日本的防災節。包含這一天的一個星期叫防災週。防災節是為了不要忘記發生在1923年9月1日關東大地震的教訓而制定。還有據說9月是有很多颱風登陸日本的月份，是很容易遭受風雨侵害的時期，因此也帶有「不要輕忽對災害的準備」的警惕。

以9月1日為中心的防災週是提高國民防災意識的期間。日本各地為了普及防災知識，會舉行演講、展示會、避難演習、消防訓練、地震體驗等各式各樣和防災有關的活動。

台灣和日本一樣颱風地震很多。我們也必須從平時就做好應付自然災害的準備。例如飲用水、非常時期食品、防災用品的常備，地方避難場所、避難路徑的確認，事先決定家人在災害時的集合場所或聯絡方法等等，若從平時就做好準備，一到突發狀況也不用慌張。

單字解說

- 防災（ぼうさい） 名 0 ：防災
- 含む（ふくむ） 他動 2 ：包含
- 発生する（はっせいする） 自動 0 ：發生
- 忘れる（わすれる） 他動 0 ：忘記
- 怠る（おこたる） 自他動 3 0 ：怠慢，疏忽
- 遭う（あう） 自動 1 ：遭遇
- 高める（たかめる） 他動 3 ：提高
- 対処する（たいしょする） 自動 1 ：應付
- 決める（きめる） 他動 0 ：決定
- 慌てる（あわてる） 自動 0 ：慌張

句型練習

1.……なければならない　必須……

借金を返済するため、もっとお金を稼がなければならない。

為了還債，必須賺更多錢。

言行は一致しなければならない。

言行必須一致。

2.動詞ない形＋ないで　不……

焦らないでゆっくりでいいよ。

不要急可以慢慢來喔。

食べないで痩せるダイエットは体に良くない。

不吃飯的減肥方式對身體不好。

秋

敬老の日

日本地方自治會所舉辦的敬老活動。

毎年9月の第3月曜日は日本の敬老の日だ。元々は9月15日だったが、「ハッピーマンデー制度」により9月の第3月曜日になった。この日は「多年にわたり社会に尽くしてきた老人を敬愛し、長寿を祝う」日で、世界的にも珍しい祝日だ。敬老の日には高齢者を敬う敬老会などのイベントが全国各地で開催される。また各家庭では、日頃の感謝やこれからの長寿を願ってお年寄りに贈り物をしたり、食事をしたりすることが一般的に行われている。

日本の敬老の日は兵庫県多可郡野間屋村で行われていた敬老行事の「年寄りの日」が

始まりとされている。その趣旨とは「老人を大切にし、お年寄りの知恵を借りて村作りをしよう」と年寄りの日を定めた。その後、全国的に広まるようになった。また、聖徳太子が身寄りのないお年寄りや病人のために「悲田院」（今の老人ホーム）を設立したのが9月15日だったということでこの日が敬老の日になったという説もある。

　高齢化が進む現代の社会だからこそ、高齢者の問題を重視し、高齢者への感謝を忘れずに暖かい社会を作ってほしいと思う。

【中譯】

敬老節

　每年9月的第3個星期一是日本的敬老節。原本是9月15日，因為「快樂星期一制度」變成9月的第3個星期一。這天是「敬愛多年來為社會效力的老人，並祝福長壽」的日子，在世界上也是罕見的節日。敬老節當天在全國各地會舉辦尊敬高齡者的敬老會等活動。還有在各個家庭，一般會送老人禮物或一起吃飯來表達平日的感謝或祝福日後的長壽。

　日本的敬老節據說是在兵庫縣多可郡野間屋村舉行的敬老活動「老人節」開始的。其宗旨為「珍惜老人，借用老年人的智慧讓村子繁盛」而制定為老人節。之後便在全國普及起來。另外，也有聖德太子為無依無靠的老人或病人設立的「悲田院」（現今

單字解說

- 尽くす 他動 2：效力
- 敬愛する 他動 0：敬愛
- 珍しい イ形 4：罕見的
- 敬う 他動 3：尊敬
- 趣旨 名 1：旨趣
- 借りる 他動 0：借
- 定める 他動 3：制定
- 身寄り 名 0：依靠的親人
- 設立する 他動 0：設立
- 進む 自動 0：進展
- 重視する 他動 1 0：重視

的老人院）的日期是9月15日，因此這天成了敬老節這樣的說法。

正因為是高齡化進展的現代社會，希望更要重視高齡者、的問題，不要忘記對高齡者的感謝，創造溫暖的社會。

句型練習

1.……を大切にする　珍惜……

私は先生から学んだことを大切にしている。

我很珍惜從老師那裡學到的東西。

私たちは自然をもっと大切にするべきだ。

我們應該更珍惜自然。

2.動詞て形＋て＋ほしい　希望……

出来れば空港に迎えに来てほしい。

可以的話希望來機場接我。

あの件に関して、詳しく教えてほしい。

有關那件事，希望詳細告訴我。

秋
AUTUMN
つきみ
お月見
在中秋節這天日本人除了賞月，
還會供奉糯米丸子或番薯、芒草、
酒。

秋と言えば、月がきれいに見える季節だ。中でも「十五夜」は最も空が澄み渡り、月が特に美しく見える。十五夜は「中秋の名月」とも呼ばれ、「秋の真ん中に出る月」という意味がある。お月見とは旧暦8月15日の「中秋の名月」を観賞する行事だ。この日に日本人は月の見える縁側やベランダなどに机を出し、満月の形を模した丸い月見団子や芋、ススキ、お酒などを供える。

日本のお月見の風習は平安時代の頃に中国から伝わった。当時の貴族たちは月見といっても直接月を見ずに池や盃に映った月を楽しんだと言われている。何とも風流で趣のある楽しみ方ではないか。やがて江戸時代になると、この時期が農作物の収穫期とも重なることから豊作を祈る収穫祭を行う日として庶民に親しまれ、一般家庭にもお月見が浸透していった。

月に兎がいるという伝説や中国の嫦娥と同じように、日本にもかぐや姫が月に帰っていったという伝説がある。興味があればぜひ調べてみてください。

單字解說

- 澄み渡る　自動　④⓪：萬里無雲
- 観賞する　他動　⓪：觀賞
- 縁側　名　⓪：（簷下的）走廊
- ススキ　名　⓪：芒草
- 伝わる　自動　⓪：傳
- 映る　自動　②：映照
- 趣　名　④⓪：雅趣
- 重なる　自動　⓪：重疊
- 親しむ　自動　③：貼近
- 調べる　他動　③：查

【中譯】

賞月

說到秋天，是個月亮看起來很美的季節。其中尤其是「十五夜」萬里無雲，月亮看起來特別漂亮。十五夜也稱為「中秋的名月」，有「在秋天的正中間出現的月亮」的意思。所謂的賞月是指舊曆8月15日觀賞「中秋的名月」的活動。在這天日本人會坐在看得到月亮的走廊或陽台等，搬出桌子，供奉模仿滿月形狀圓形的糯米丸子或番薯、芒草、酒等。

日本賞月的風俗是在平安時代時由中國傳來。據說當時的貴族們賞月，說起來也不是直接看月亮，而是欣賞映照在水池或酒杯的月亮。是不是既風流又有雅趣的欣賞方式呢？不久到了江戶時代，因為這個時期和農作物的收穫期重疊，也被當作祈求豐收舉辦收穫祭的日子而貼近庶民，賞月也因此根深蒂固在一般家庭。

和月亮有玉兔的傳說、中國的嫦娥一樣，日本也有輝夜姬回到月亮的傳說。有興趣的話請務必查查看。

句型練習

1. 動詞て形＋ても　即使……也

いくら食(た)べても太(ふと)らない人(ひと)がうらやましい。

即使再怎麼吃也不會胖的人真讓人羨慕。

来週(らいしゅう)のイベントは雨(あめ)が降(ふ)っても実施(じっし)する。

下星期的活動即使下雨也會實施。

2. やがて　不久，就

ここへ来(き)てからやがてひと月(つき)にもなる。

來到這裡不久就一個月了。

そのスキャンダルはやがて皆(みんな)に知(し)れ渡(わた)るだろう。

那個醜聞不久就會人盡皆知了吧。

秋

紅葉狩り

色彩鮮艷的楓葉引人矚目。

「万葉集」の中に紅葉狩りを詠んだ歌が登場するように、日本は古来より紅葉狩りを楽しむ風習があった。蒸し暑かった夏がようやく終わり、気温が徐々に下がっていく涼しい秋の季節は風流に紅葉狩りを楽しみたい。

紅葉狩りの「狩り」は元々獣を捕まえる意味で使われていたが、野鳥や小動物を捕まえる時にも使われるようになり、更には果物などを採る意味でも使われるよ

單字解說

- 詠む　他動 1：吟詠
- 蒸し暑い　イ形 4：悶熱的
- 徐々に　副 1：慢慢地
- 涼しい　イ形 3：涼爽的
- 捕まえる　他動 0：捕捉
- 眺める　他動 3：觀賞
- 色付く　自動 3：帶色
- 冷え込む　自動 0 3：氣溫驟降
- 乾燥する　自他動 0：乾燥
- 揃う　自動 2：齊備

うになった。現在でも「いちご狩り」や「ぶどう狩り」などに使われている。やがて狩りは草花を眺めたりする意味でも使われるようになり、「紅葉狩り」というようになった。

紅葉がきれいに色付くためには、日中の天気、昼夜の寒暖差、水分の3つの要素が大切だ。日中の日差しが強く、夜は冷え込み、空気が乾燥して地中の水分が減少するほうが鮮やかに色づくと言われている。都心より山の紅葉が美しいのはこのような条件が揃いやすいためだ。

逆に大気汚染がひどかったり、温暖化の影響で寒暖差が小さいと、鮮やかな紅葉が見られなくなってしまう。この美しい景色を次の世代にしっかり残していくのも私たちの大きな課題ではないか。

【中譯】

賞楓

就如「萬葉集」中有吟詠賞楓的詩歌上場，日本自古就有欣賞楓葉的習俗。悶熱的夏季終於結束，在氣溫慢慢下降、涼爽的秋季就會想要風雅地享受賞楓的樂趣。

日文「紅葉狩り」（賞楓）的「狩り」（狩）原本是使用在捕捉野獸的意思，在捕捉野鳥或小動物的時候也開始使用，後來更進一步地也使用在採摘水果等的意思。即使是現在也會使用在「採草莓」或「採葡萄」等時候。不久「狩り」也被使用在觀賞花草的意思上，因此便說成「紅葉狩り」（賞楓）。

楓葉要呈現漂亮的紅色，白天的天氣、日夜的溫差、水分的3個要素很重要。據說白天日照強烈、夜晚氣溫驟降、空氣乾燥、地裡水分減少所呈現的紅色會比較鮮豔。比起市中心，山上的楓葉很漂亮就是因為容易齊備這樣的條件。

反之空氣汙染嚴重、因暖化的影響溫差小的話，就看不到鮮豔的楓葉了。把這美麗的景色好好留給下一代也是我們重大的課題啊。

句型練習

1. ようやく　終於

ようやく春らしくなってきた。

終於變得像春天了。

議案がようやく両院を通過した。

議案終於通過兩院了。

2. 逆に　反而

細かく書きすぎて逆に分かりにくい。

寫得太詳細反而看不懂。

顔を洗いすぎると逆に肌の調子が悪くなる。

臉洗得太過分反而皮膚情況會變差。

秋

芋掘り

每到秋天，日本的幼稚園就會舉辦挖番薯的活動。

　秋と言えば、食欲の秋。秋になると様々な食べ物が実り、収穫を楽しむことができる。日本の秋の代表的な食べ物と言えば、さつまいもやじゃがいもではないか。9月から10月頃が芋の収穫のピーク。この時期になると、多くの幼稚園や保育園などで秋の行事として「芋掘り」が行われる。家族向きの日帰りツアーなどで芋掘りを体験できるイベントもたくさん開催される。

　芋掘りと言えば、大まかに分けて「じゃがいも掘り」と「さつまいも掘り」の2種類がある。中でも、甘くてホクホク、栄養価の高いさつまいもが人気。

　何でもスーパーで揃う今の時代、普段食べている物がどのように実を結び、どのように収穫されるのか、知らない人は少なくはない。芋掘りはそんな収穫体験ができる貴重な機会だ。子供も大人も掘り出すことに夢中になるうちに、普段ではなかなかできない経験ができるのだ。そして、芋掘りは宝探しのような感覚があり、小さな子供でもドロドロになって思い切り楽しむことができる。

芋掘りを通して「食育」や「季節を感じること」、「自然に触れること」、「芋の収穫ができた時の感動を味わうこと」、「家族とのふれあい」などたくさんのことが学べる。皆さんもぜひ秋空の下で自然を感じながら、芋掘りを楽しもう。

【中譯】

挖薯

說到秋天，就是食慾之秋。一到秋天各式各樣的食物成熟，可享受收穫的樂趣。說到日本秋天代表的食物，不就是番薯或馬鈴薯嗎。從9月到10月左右是薯類收穫的尖峰。一到這個時期，有很多幼稚園或托兒所等會舉辦「挖薯」來當作秋天的活動。也有適合家族的一日遊等，舉辦很多可體驗挖薯的活動。

說到挖薯，大致分起來，有「挖馬鈴薯」和「挖番薯」2種。其中，甜又鬆軟、營養價值很高的番薯最受歡迎。

在什麼東西超市都湊得齊的現今時代，很多人不清楚平時吃的東西是如何結果、是怎樣收穫。

單字解說

- 収穫（しゅうかく）【名】⓪：收穫
- 保育園（ほいくえん）【名】③：托兒所
- 日帰り（ひがえり）【名】⓪④：當天來回
- 体験する（たいけんする）【他動】⓪：體驗
- 大まか（おおまか）【ナ形】⓪：大致，籠統，粗略
- ホクホク【副】①⓪：鬆軟
- 貴重（きちょう）【ナ形】⓪：貴重
- 宝探し（たからさがし）【名】④：尋寶
- ドロドロ【副】①⓪：滿身泥巴的樣子
- 触れる（ふれる）【自動】⓪：接觸

挖薯是個能夠體驗收穫的珍貴機會。在小孩與大人投入在挖掘當中，可獲得平時難得的經驗。還有，挖薯有尋寶般的感覺，即使是小朋友也可享受盡情地玩得滿身是泥的樂趣。

透過挖薯，可學習到「食育」或「感受季節」、「接觸自然」、「品味採到薯類時的感動」、「與家人的互動」等很多的事情。大家務必在秋天的天空下一邊感受自然，一邊享受挖薯的樂趣吧。

句型練習

1.……向き　適合……

できるだけ学生向きの辞書を買ったほうがいい。

盡可能買適合學生的字典會比較好。

このカレーは大人向きなので、かなりスパイシーだ。

這個咖哩因為適合大人，所以相當辣。

2.……うちに　……當中，趁……

まだ元気なうちに、色々な国へ旅行したい。

在還有精神的時候，想去各式各樣的國家旅行。

鉄は熱いうちに打て。

打鐵要趁熱。

秋

うんどうかい 運動会

日本國中生的運動會。

10月第2月曜日は日本の「体育の日」。スポーツに親しみ、健康な心身を培うことを趣旨として、第1回東京オリンピックの開会式が行われた10月10日が国民の祝日、体育の日となった。その後、祝日法の改正により、第2月曜日に変わった。体育の日の前後の時期には、各地の学校や会社、地域団体で運動会が催される。

日本で運動会が行われ始めたのは明治時代だった。現在の学校の運動会は体育的行事に位置付けられ、生徒の自主的な集団活動であることが強調される。それに伴い、企画から運営まで可能な限り生徒の手にゆだねる配慮が重んじられる。職場や地域団体などは関係者の親睦やチームワークの向上、コミュニケーションの活発化を目的として主催されることが多い。

日本の運動会と言えば、リレーや応援合戦、鈴割、玉入れ、騎馬戦、綱引き、二人三脚、大玉転がし、パン食い競争などの楽しい団体競技が多く思い浮かぶ。毎年、それを楽しみにしている参加者がかなり多い。機会があればぜひ参加してみてはいかがだろうか。

【中譯】

運動會

10月第2個星期一是日本的「體育節」。以喜好運動、培養健康身心為宗旨，在第1次東京奧運開幕式舉行的10月10日便成為國民的節日、體育節。之後，因節日法的改正，變成第2個星期一。在體育節前後的時期，各地的學校、公司或地方團體會舉辦運動會。

日本開始舉行運動會是在明治時代。現在學校的運動會定位在體育的活動，強調是學生自主的集團活動。因此伴隨著重視從企劃到營運盡可能都交給學生來辦的顧慮。有很多職場或地方團體等則是以提升相關者的和睦或團隊合作、交流的活潑化為目的來舉辦。

說到日本的運動會，腦海裡多會浮現接力賽跑、啦啦隊比賽、丟鈴鐺、丟球入籃、騎馬打仗、拔河、兩人三腳、滾大球、咬麵包比賽等有趣的團體競賽。每年，有相當多參加者都很期待。若有機會的話務必參加看看如何？

單字解說

- 培う（つちかう） 他動 3 ：培養
- 改正（かいせい） 名 0 ：改正，修改
- 催す（もよおす） 自他動 3 0 ：舉辦
- 位置付ける（いちづける） 他動 4 ：定位
- 強調する（きょうちょうする） 他動 0 ：強調
- 伴う（ともなう） 自他動 3 ：伴隨
- ゆだねる 他動 3 ：委任
- 重んじる（おもんじる） 他動 4 0 ：重視
- チームワーク 名 4 ：團隊合作（英：teamwork）
- 思い浮かぶ（おもいうかぶ） 自動 0 5 ：想起來

句型練習

1. 動詞ます形＋始める　開始……

3月の下旬になって、庭の桜が咲き始めた。

一到3月的下旬，院子的櫻花開始開花。

健康のために、サプリメントを飲み始めた。

為了健康，開始吃保健食品。

2. ……を楽しみにしている　期待……

週末のバスツアーをとても楽しみにしている。

非常期待週末的巴士旅行。

あなたに会うのを楽しみにしている。

很期待和你見面。

ぶんかさい 文化祭

日本高中茶道社團的實際表演。

文化祭と言えば、日本の学校の1年で最も盛り上がる行事の一つだ。時期的には「芸術の秋」に行われることが多い。学校教育の一環として全員参加型の文化祭は生徒の日常活動による成果の発表などの目的で行われる学校行事。学校によっては「学園祭」や「学院祭」とも呼ばれる。

文化祭の企画、運営、演出は生徒会の下に設けられた文化祭実行委員会などの組織が中心となって行われる。文化祭では主に各学級や部活ごとに創作や展示活動、演劇発表、実演、模擬店の開催などが実施される。1年に1度のビッグイベントだけに、クラスの出し物を何にするかで生徒たちが知恵を絞らなければならない。調査によると一番人気なのは飲食系の模擬店で、次にダンスやバンドの実演だ。

文化祭には関係者のほか、外部の人も文化祭を楽しむ目的で訪れる。学校で行われている活動や校風について見たいなら、文化祭は絶好のチャンスに違いない。

【中譯】

文化祭

說到文化祭，是日本的學校一年當中最熱鬧的活動之一。時期上很多在「藝術之秋」時舉行。被當作學校教育的一環、全體參加型的文化祭是以學生日常活動的成果發表等目的所舉辦的學校活動。依學校，也被稱為「學園祭」或「學院祭」。

文化祭的企劃、營運、演出是由設置在學生會之下的文化祭執行委員會等組織為中心來進行。在文化祭主要由各年級和各

單字解說

- 盛り上がる 自動 ④⓪：高漲，熱鬧
- 一環 名 ⓪③：一環
- 設ける 他動 ③：設置
- 部活 名 ⓪：社團活動
- 実施する 他動 ⓪：實施，進行
- 出し物 名 ③②：演出節目
- 絞る 他動 ②：絞，擰
- 調査 名 ①：調查
- バンド 名 ①⓪：樂隊（英：band）
- 校風 名 ⓪：校風

個社團進行創作、展示活動、戲劇發表、實際表演、模擬店的舉辦等。正因為是一年一度的盛大活動，班上的節目要做什麼，學生們無不絞盡腦汁。根據調查最受歡迎的是飲食方面的模擬店，接下來是舞蹈或樂隊的實際表演。

文化祭除了相關者，外面的人也可以造訪來享受文化祭的樂趣。若想看看學校舉辦的活動或是有關校風，文化祭必為絕佳的機會。

句型練習

1. 最も　最

彼女は私にとって最も信頼できる友人だ。

她對我來說是最能信賴的朋友。

会社の中で最も忙しいのは私の部署だ。

公司中最忙碌的是我的部門。

2. ……だけに　正因為……

質がいいだけに、値段も高い。

正因為品質好，價格也高。

期待が大きかっただけに、失望も大きかった。

正因為期待很大，失望也大。

ハロウィン

一接近萬聖節相關商店的店頭就會擺滿萬聖節的商品。

一昔前まではあまり馴染みのなかったハロウィンが最近では日本でも定着しつつある。10月31日に行われるハロウィンは「萬聖節」というキリスト教の記念日の前夜祭で、秋の収穫を祝い、悪霊を追い出すお祭りだ。古代のケルト民族の風習が起源とされている。古代ケルトでは11月1日が新年で、その前夜に祖先の霊が訪れると信じられていた。そこに悪霊もやってきて悪さをするとされ、火を焚き、仮面を被って追い払った。

ただし、最近では宗教的な意味合いが薄れ、カボチャをお化けの形にくり抜いた「ジャック・オー・ランタン」といわれるものを飾り、仮装した子供たちが「Trick or treat」（お菓子をくれなきゃいたずらするぞ）と言いながら、近所を回りお菓子をもらうお祭りになっている。また、大人や子供に関わらず仮装をして楽しむイベントにもなっている。

日本ではこの時期になるとハロウィンイベントや仮装などで盛り上がる。また、町中のお店の店頭にハロウィングッズがずらりと陳列され、レストランでもハロウィンのスペシャルメニューが提供されたりする。外国の行事とはいえ、日本のあちらこちらでハロウィンの雰囲気

單字解說

- 一昔前 名 ⑥：很久以前
- 馴染み 名 ③⓪：熟悉
- 信じる 他動 ③⓪：相信
- 仮面 名 ⓪：面具
- 被る 自他動 ②：戴
- 薄れる 自動 ⓪③：減弱
- くり抜く 他動 ③⓪：挖空
- 飾る 他動 ⓪：裝飾
- いたずらする 自動 ⓪：搗蛋
- 漂う 自動 ③：洋溢

が漂う。この時期に渋谷などの繁華街を訪れることがあれば、楽しいハロウィンの雰囲気を味わえるはず。

【中譯】

萬聖夜

在日本，很久以前大家還不太熟悉的萬聖夜最近也漸漸固定下來。10月31日舉行的萬聖夜為「萬聖節」這個基督教紀念日的前夕祭典，是個慶祝秋天的收穫、趕走惡鬼的祭典。據說起源於古代凱爾特民族的風俗。在古代的凱爾特11月1日是新年，他們相信在前夕祖先的靈魂會來訪。並認為惡鬼也會一起來作亂，於是焚火、戴起假面具來趕走他們。

但是，在最近宗教上的意義減弱，變成裝飾挖成鬼怪形狀、被叫做「傑克南瓜燈」這類東西，以及扮了裝的小孩子們一邊喊著「Trick or treat」（不給糖就搗蛋）、一邊在附近遊晃領糖果的祭典。還有也變成不論大人或小孩都能享受裝扮樂趣的活動。

在日本一到這個時期，就會因萬聖夜的活動或裝扮等變得很熱絡。還有在街上商店的店頭會陳列滿滿萬聖夜的商品，餐廳也會提供萬聖夜的特別菜單。雖說是外國的儀式，但日本各處都洋溢著萬聖夜的氛圍。如果這時期造訪澀谷等鬧區的話，相信一定能夠品味萬聖夜快樂的氛圍。

句型練習

1. あまり……ない　不太……

昨日の同窓会にはあまり人が来なかった。

昨天的同學會來的人不太多。

最近彼とあまり会っていないが、久しぶりに会いたい。

最近不太和他見面，好久了很想見見面。

2. 動詞ます形＋つつある　漸漸……

スマホの登場でデジタルカメラの人気がなくなりつつある。

因智慧型手機的上場，數位相機的漸漸不受歡迎。

技術の進歩で、人々の生活が変わりつつある。

因為技術的進步，人們的生活漸漸改變。

秋

七五三

慶祝滿 7 歲的日本小女孩。

　七五三は日本の子供の伝統的な行事の一つ。昔は子供の死亡率が高かったため、無事に育ってくれたことを感謝し、今後の健やかな成長を願うために始められた。昔からの習わしでは、数え年で男の子は3歳と5歳、女の子は3歳と7歳にお祝いをする。満年齢が広く浸透してきた現在では数え年にこだわらないことも多くなった。

　元々七五三は旧暦の11月15日に行われる行事だった。この日は二十八宿の鬼宿日（鬼が出歩かない日）で、婚礼以外は何をするにも吉とされていた日である。また旧暦の11月は田畑の収穫を終えて実りを感謝する月でもあった。明治の改暦以降では新暦の11月15日に行われるようになった。

　現在の七五三では、住んで

いる地域や各家庭で違いはあるが、11月の休日に和服などの正装をして神社に出向き、参拝や祈祷をする。帰りに神社で子供へ長寿の願いが込められている「千歳飴」を買って食べる。縁起が良いので内祝として贈ることもある。

【中譯】

七五三

七五三是日本兒童傳統的儀式之一。以前是因為小孩的死亡率很高，為了感謝平安長大，並祈求今後健全的成長而開始。就以往的習慣，是在虛歲男孩子3歲和5歲，女孩子3歲與7歲時慶祝。現在因實歲廣泛滲透，很多也變得不拘泥於虛歲了。

原本七五三是在舊曆的11月15日舉行的儀式。因為這天是二十八宿的鬼宿日（鬼不出外走動的日子），除了婚禮之外，被認為是做什麼都吉祥的日子。還有舊曆的11月也是田地收穫完畢感謝收成的月份。明治改變曆法之後，就變成在新曆的11月15日舉行。

雖然現在的七五三，因居住的地區和各家庭有所不同，但都會在11月的假日穿著和服等正式的服裝前往神社參拜或祈禱。回家時還會在神社購買對小孩的長壽充滿祝願的「千歲飴」來吃。因為很吉利，也被當作自家的賀禮來贈送。

單字解說

- 伝統的（でんとうてき） ナ形 0：傳統的
- 育つ（そだつ） 自動 2：成長
- 習わし（ならわし） 名 0 4：習慣
- 数え年（かぞえどし） 名 3：虛歲
- 浸透する（しんとうする） 自動 0：滲透
- 出歩く（であるく） 自動 0 3：外出走動
- 終える（おえる） 自他動 0：完畢
- 住む（すむ） 自動 1：居住
- 正装（せいそう） 名 0：正式的服裝，禮服
- 出向く（でむく） 自動 2 0：前往

句型練習

1.……てくれる　為我……

日本人の友だちが作文を直してくれた。

日本人的朋友為我修改作文。

彼女が朝早く起きてわざわざケーキを焼いてくれた。

她一大早起來特地為我烤了蛋糕。

2.……にこだわる　拘泥於……

細かいことにこだわる必要はないと思う。

我想沒有拘泥於小細節的必要。

いちいちしきたりにこだわらなくてもいいと思う。

我想不一一拘泥於慣例也無妨。

秋 ボジョレー・ヌーヴォー解禁

對於愛好葡萄酒的人來說，薄酒萊新酒解禁是一大盛事。

ワイン好きのみならず、普段あまりワインを飲まない人たちもついつい気になってしまう日と言えば、ボジョレー・ヌーヴォーの解禁日だ。毎年の11月の第3木曜日はワイン好きが心待ちにしているボジョレー・ヌーヴォーの解禁日。解禁日は早出し競争による品質低下を防ぐため設けられた。ワインのお祭りと言ってもいいほど世間をにぎわし、耳にしたことのある人も少なくないはず。日本では解禁日が近づくと、スーパーや専門店では必ず大きな宣伝や予約販売が行われる。

ボジョレーとはフランス南東部にあるボジョレー地区のことで、ヌーヴォーはフランス語で

「新しいもの」を表す。つまり、ボジョレー・ヌーヴォーは「ボジョレー地区の新酒」という意味。毎年9月頃に収穫されたぶどうをわずか2ヶ月で若飲み用に仕込んでいるため、果実の風味が強いフレッシュな味わいに仕上がる。ぶどうの質もワインの味わいに直結する。これほど注目されるようになったのは同じ年のぶどうの出来栄えの指標になるためだ。

　ワイン通はもちろん、渋みが少なくフルーティでさわやかなボジョレー・ヌーヴォーは初心者でも美味しく楽しめるワインだ。まだ飲んだことがないという人は、ぜひ一度ご賞味あれ。

單字解說

- 飲む 他動 1 ：喝
- 防ぐ 他動 2 ：防止
- にぎわす 他動 3 ：使熱鬧
- 近づく 自動 3 0 ：接近
- 仕込む 他動 2 ：釀造
- フレッシュ ナ形 2 ：新鮮（英：fresh）
- 仕上がる 自動 3 ：完成
- 直結する 自他動 0 ：直接關係到
- 注目する 自他動 0 ：矚目
- さわやか ナ形 2 ：清爽
- 初心者 名 2 ：初學者

【中譯】薄酒萊新酒解禁

　說到不僅是喜歡葡萄酒的，平常不太喝葡萄酒的人們也會不知不覺中感興趣的日子，就是薄酒萊新酒的解禁日。每年的11月第3個星期四是喜歡葡萄酒的人引頸期待的薄酒萊新酒的解禁日。解禁日是為了防止因競爭過早上市導致品質下降而制定的。這個整個讓世間熱絡起來，聽過的人可說是葡萄酒的祭典，幾乎也應該不少。在日本一旦接近解禁日，超市或專賣店一定會大肆宣傳或實施預約銷售。

　所謂的 Beaujolais 是指法國東南部的薄酒萊地區，而 Nouveau 則表示法語「新的東西」。也就是「薄酒萊地區的新酒」的意思。每年

9月時收成的葡萄僅僅釀造2個月就用來早期飲用，因此製造出來的果實風味強烈、滋味新鮮。葡萄的品質也會直接影響葡萄酒的味道。如此備受矚目，也是因為會成為同一年葡萄好不好的指標。

葡萄酒行家不用說，即使是初學者，澀味少、果實風味十足又清爽的薄酒萊新酒也是可以開心品嘗的葡萄酒。還沒喝過的人一定要品嘗一次看看。

句型練習

1.……のみならず　不僅……

あの歌手は若い人のみならず、年寄にも人気がある。

那位歌手不僅是年輕人，也深受老人家的歡迎。

電子書籍の登場で雑誌のみならず、漫画も売れにくくなった。

因電子書籍的上場不僅是雜誌，漫畫也變得難賣了。

2.動詞た形＋たことがない　不曾……

お風呂に入らないで寝たことがない。

不曾沒洗澡就睡覺。

寂しいから一人で旅行したことがない。

因為很寂寞，不曾一個人旅行。

秋
AUTUMN
しんまい
新米
一到新米上市的季節，超市或
專賣店就看得到新米的旗幟或
標示。

実りの秋は山の幸も海の幸も美味しい恵みの溢れる季節だ。なかでも特別な位置にあるのが新米。ピカピカに輝く炊き立てのご飯に勝る物はほかにないほど美味しいのだ。日本ではこの時期になると、スーパーなどでは「新米入荷」の幟をよく見かける。

新米が収穫される時期は地域や品種によって異なる。基本的には新米の収穫は西から北上していく。桜前線や梅雨前線などと同じだ。日本一早いのは沖縄で7月上旬から新米が楽しめる。九州では8月上旬、関東では8月下旬、東北などは9月の下旬から10月上旬と言った具合に日本列島を縦断する形で新米前線が北上していく。ただし市販の新米は「JAS法」（農林物資の規格化などに関する法律）に基づいて、収穫した年の12月31日までに精米され、包装されたものに限定されている。新米は米粒1粒に旨さが凝縮され、この時期だけの特別感がある。機会があれば、ぜひ日本の新米を味わってください。

單字解說

- 恵み　名 0：恩賜，恩惠
- 輝く　自動 3：閃耀
- 勝る　自動 2 0：勝過
- 入荷　名 0：進貨，到貨
- 縦断する　自他動 0：縱貫
- 基づく　自動 3：根據
- 包装する　他動 0：包裝
- 限定する　他動 0：限定，限制
- 凝縮する　自他動 0：凝聚
- 味わう　他動 3 0：品嘗

【中譯】

新米

收成的秋天是充滿山珍海味等美味恩賜的季節。其中占有特別地位的是新米。幾乎沒有比亮晶晶剛煮好的米飯更好吃的東西了。在日本一到這個時期，在超市等常會看到「新米到貨」的旗幟。

新米收穫的時期因地區或品種而異。基本上，新米的收穫是由西而北上。和櫻花前線或梅雨前線等一樣。日本最早的是在沖繩，7月上旬開始就可以享受到新米。在九州是8月上旬、關東是8月下旬、東北等是9月的下旬開始至10月上旬，新米前線就是按照這個情況，以縱貫日本列島的形式漸漸北上。不過市面銷售的新米是根據「JAS法」（有關農林物資規格化等法律），被限定在收成當年的12月31日之前被碾製包裝的米。

新米顆顆米粒凝聚著香甜的滋味，有這個時期僅有的特別感覺。若有機會的話，請務必嘗嘗看日本的新米。

句型練習

1. ……立て　剛……

港のお寿司屋さんでは、その日とれ立ての魚を使って料理を出してくれる。

在港口的壽司店，會供應當日剛捕獲的魚做的料理。

いれ立てのコーヒーの香りはいつも私を幸せな気持ちにしてくれる。

剛沖泡的咖啡的香味總是讓我感到很幸福。

2. ……までに　在……之前

死ぬまでに世界中を旅行してみたい。

在死之前想到世界各國旅行。

明日の12時までに報告書を提出してください。

在明天的12點之前請提出報告書。

イルミネーション	燈飾
忘年会（ぼうねんかい）	忘年會
クリスマス	聖誕節
大晦日（おおみそか）	除夕
紅白歌合戦（こうはくうたがっせん）	紅白歌唱大賽
お正月（しょうがつ）	正月新年
箱根駅伝（はこねえきでん）	箱根馬拉松接力賽
福袋（ふくぶくろ）	福袋
七草粥（ななくさがゆ）	七草粥
鏡餅（かがみもち）・鏡開き（かがみびらき）	鏡餅 ・ 開鏡
成人の日（せいじんのひ）	成人節
節分（せつぶん）	節分
バレンタインデー	情人節

ふゆ
冬
WINTER

冬 WINTER

イルミネーション

觀光勝地大規模的燈飾引人入勝。

日本での寒い時期の楽しみと言えば、幻想的なイルミネーションが挙げられる。11月頃から、各地でイルミネーションが始まり、クリスマスや年末年始にピークを迎える。日本ではクリスマスツリーなどの形がよくみられるほか、観光名所として大規模に展開されることもある。また、個人の民家でもクリスマスシーズンに向けて、家の周りをきれいな電飾で飾る家庭が増えている。

昔のイルミネーションの光源には豆電球やムギ球が用いられてきたが、消費電力が多いことと発熱が木に悪影響を及ぼすことなどから、エコやコストといった点に難点があった。近年、高出力のLED電球が安くなり、耐久性や発熱面でも格段に改善されるようになったことから、LED電球を使ったものがとても増えている。

日本では、イルミネーションスポットが集中する人気の都市が数多くある。雪国の札幌、函館、東京の丸の内、銀座、六本木、渋谷、表参道、新宿、神戸や名古屋など、一度は訪れてみたい都市ばかりだ。機会があれば、ぜひ日本の冬の風物詩ともいえる幻想的なイルミネーションスポットを訪れてみてほしい。目の前に広がるロマンチックな光景に感動するに違いない。

【中譯】

燈飾

說到在日本寒冷時期的樂趣，可說是夢幻的燈飾。從11月左右，各地燈飾開始，然後在聖誕節或年底年初會迎接高峰。在日本除了常見的聖誕樹等形狀，作為觀光勝地也會大規模地展開。還有朝向聖誕季節，用漂亮的彩燈裝飾住宅周邊的個人住家也有增加。

過去燈飾的光源使用的是小燈泡或細長麥粒型的燈泡，但要消耗很多電力，還有發熱會帶給樹木不好的影響等，因此就環保和成本的觀點來看有缺點。近年高效率的LED燈泡便宜很多，耐久性和發熱方面也有特別地改善，因此使用LED燈泡的彩燈多了不少。

在日本有很多集中燈飾景點的受歡迎都市。雪國的札幌、函館，東京的丸之內、

單字解說

- 幻想的（げんそうてき） ナ形 0：夢幻的
- ピーク 名 1：尖峰，高峰（英：peak）
- 展開する（てんかいする） 自他動 0：展開
- 用いる（もちいる） 他動 3 0：使用
- 及ぼす（およぼす） 他動 3 0：給……帶來
- エコ 名 1：環保（英：eco）
- 格段（かくだん） 副 0：特別
- 改善する（かいぜんする） 他動 0：改善
- 集中する（しゅうちゅうする） 自他動 0：集中
- ロマンチック ナ形 4：浪漫（英：romantic）

銀座、六本木、澀谷、表參道、新宿，神戶或名古屋等，都是至少要造訪一次看看的都市。若有機會的話，務必造訪看看也可說是日本冬季風物詩的夢幻燈飾勝地。相信一定會被眼前展開的浪漫光景感動。

句型練習

1.……に向けて　朝向……

自民党は総選挙に向けて党内の結束を図っていた。

自民黨朝向總選舉謀求黨內的團結。

次の試合に向けて、皆練習に打ち込んでいた。

朝向下個比賽，大家專注於練習。

2.動詞ます形＋たい　想……

食べたいものがあれば、遠慮なく教えてください。

如果有想吃的東西，請別客氣告訴我。

機会があればまた行きたいと思う。

如果有機會的話還想再去。

冬 WINTER

ぼうねんかい
忘年会

大夥兒乾一杯，忘掉這一年的辛酸吧。

日本では年末に近づくにつれ、忘年会の誘いが増える。会社の忘年会や取引先との忘年会、もちろん友だち同士で忘年会を行う人もいる。年末の恒例行事なので、飲食店に行くと多くの席で忘年会が開催され盛り上がりを見せている。

忘年会とはその字の通り、今年1年の嫌なことや、苦しかったことを忘れて新しい気持ちで新年を迎えようといった趣旨の飲食会のこと。日本を含め、台湾や中国などアジア圏で行われることが多い。

忘年会の起源は室町時代の「としわすれ」という行事だと言われている。貴族などの上流階級の人たちが集い、一晩中和歌を詠んでいた。江戸時代に入り忘年会に一年間の憂さを晴らす意味合いが加わるようになった。明治時代になり、ようやく庶民にも浸透するようになった。

忘年会の席で「無礼講」という言葉がよく出て来る。決して上下関係を取っ払って失礼なことをしても許されるということではない。本当は儀式のような形式にとらわれず、身分の上下に関わらず皆同じように宴を楽しもうという意味。「今日は無礼講で」と言われても決して上司に暴言を吐いてはいけない。

【中譯】

忘年會

在日本隨著年尾的到來，忘年會的邀約便會增多。公司的忘年會或與客戶的忘年會，當然也有人舉行朋友們之間的忘年會。因為是年尾的慣例活動，一到餐廳就會看到很多席位舉辦忘年會的熱絡景象。

所謂的忘年會就如字面，是忘掉今年一年不高興的事或辛苦的事，以嶄新的心情來迎接新年為宗旨的餐會。包含日本，台灣和中國等在亞洲圈多會舉行。

據說忘年會的起源是室町時代被稱為「忘年」的儀式。貴族等上流階級的人們聚集在一起，一整晚詠唱和歌。到了江戶時代，忘年會增添了消除一年來憂愁的意思。到了明治時代終於也滲透到庶民之間。

在忘年會的席位上常出現「無禮講」這個字眼。絕對不是破除上下的關係、即使做了失禮的事情也會被原諒。實際是不拘泥儀式般的形式，不關身分的上

單字解說

- 誘い 名 0：邀約
- 取引先 名 0：客戶
- 忘れる 他動 0：忘記
- 含める 他動 3：包含
- 集う 自動 2：集合
- 晴らす 他動 2：消除
- 加わる 自動 0 3：添加
- 取っ払う 他動 4 0：拆除，破除
- 許す 他動 2：原諒
- 吐く 他動 1：吐露，說

下，大家同樣享受宴會的意思。即使被說「今天是不拘虛禮的宴會」，也絕對不能對上司口吐狂言。

句型練習

1. ……につれ　隨著……

子供が大きくなるにつれ、夫婦の時間が取れるようになってきた。

隨著小孩長大，終於能擁有夫妻之間的時間。

年を取るにつれ、顔のしわが増えてきた気がする。

隨著年紀的增長，覺得臉上的皺紋變多了。

2. 動詞て形＋てはいけない　不可以……

言い訳してはいけない。

不可以找藉口。

外見に惑わされてはいけない。

不可以被外表迷惑。

クリスマス

聖誕夜與家人一同享受快樂的聖誕大餐。

12月25日はキリストの誕生を祝うクリスマス。クリスマス・イブはクリスマスの前夜、またそのお祝いのこと。本来はキリスト教のお祭りだが、日本ではパーティーやプレゼント交換などする年末のイベントとして楽しまれている。

日本のクリスマスはイルミネーションにクリスマスケーキ、クリスマスプレゼントと大盛り上がり。イルミネーションやクリスマスの飾りなどで街は彩られ、約一ケ月前からクリスマス関連の商品が店頭に並び始める。多くの国々ではクリスマスは家族で過ごすが、日本のクリスマスは「恋人と過ごす日」というイメージが強い。恋人がいない人のために「クリぼっち」という言葉が生まれるほどである。

日本のカップルのクリスマスの過ごし方と言えば恋人と素敵なイルミネーションを見たり、クリスマスディナーを楽しむ。そのほかショッピングやテーマパークなどクリスマスムード満載な場所で過ごすことも多い。カップルのためのイベントとはいえ、家族と家でクリスマスツリーを一緒に飾りつけたり、プレゼント交換をしたり、クリスマスケーキやフライドチキンを食べたりするのも楽しい。

冬は寂しさを強く感じてしまう季節。クリスマスに恋人がいないとどうしても寂しさを感じてしまうが、焦ってクリスマスまでに恋人を作る必要はない。大切な友人や家族と一緒に楽しいクリスマスを過ごしてはいかがだろうか。

單字解說

- イベント 名 0：活動（英：event）
- 彩る 他動 3：增添色彩，點綴
- 過ごす 他動 2：度過
- イメージ 名 2 1：印象（英：image）
- クリぼっち 名 3：聖誕孤獨人，「クリスマス」（聖誕節）和「ひとりぼっち」（單獨一人）結合而成的略語
- 生まれる 自動 0：產生
- カップル 名 1：情侶（英：couple）
- テーマパーク 名 4：主題樂園（英：theme park）
- 感じる 他動 0：感覺，覺得
- 焦る 自他動 2：著急

【中譯】

聖誕節

12月25日是慶祝耶穌誕生的聖誕節。聖誕夜是聖誕節的前夕，也指慶祝一事。本來是基督教的祭典，但在日本被當作是享受派對或交換禮物等的年尾活動。

日本的聖誕節除了燈飾，還有聖誕蛋糕和聖誕禮物，非常熱鬧。街頭因燈飾和聖誕節的裝飾增添了色彩，大約1個月前開始，與聖誕節相關的商品便開始陳列在店頭。在很多國家，聖誕節是和家人度過，但日本的聖誕節是「和情人度過的日子」的印象卻

比較強烈。為了沒有情人的人甚至還產生了「聖誕孤獨人」一詞。

　說到日本情侶過聖誕節的方式是和情人一起看漂亮的燈飾或享受聖誕晚餐。其他也有很多像是購物或在主題樂園等充滿聖誕氣氛的地方度過。雖說是專為情侶的活動，和家人在家裡一起裝飾聖誕樹、交換禮物、享用聖誕節蛋糕或炸雞也很快樂。

　冬天是個強烈感受到寂寞的季節。雖然在聖誕節沒有情人總是會感到寂寞，但是沒必要急著在聖誕節之前交到情人。不妨和重要的朋友或家人一起度過快樂的聖誕節如何？

句型練習

1.……とはいえ　雖說是……

親しい友だちとはいえ、最低限の礼儀は忘れてはいけない。

雖說是親密的友人，也不能忘記最低限度的禮儀。

わざとではなかったとはいえ、ミスをしたら謝らないといけない。

雖說不是故意的，做錯事還是得道歉才行。

2.……必要はない　沒有必要……

いちいち気にする必要はない。

沒有必要一一在意。

行きたくないのなら行く必要はない。

如果不想去的話就沒必要去。

「晦」は「三十」のことで、「晦日」は「30日」の意味である。月の最後の日を晦日という。大晦日は1年最後の日を指す。「年越し」、「除夜」などと言われる大晦日の夜には、家族揃って新しい年を迎える。古くは大晦日に神棚にお供えをし、眠らずに年神様を迎えいれ、この時に眠ってしまうと早く老けるとされてきた。

日本では大晦日の晩に「年越し蕎麦」を食べる習慣がある。それは「蕎麦はほかの麵類より切れやすいことから、今年一年の災厄を断ち切る」、「細くて長いので寿命や身長が伸びる」、「金箔を延ばす台を蕎麦粉で拭っていたことから、金運がよくなる」など長寿、厄除け、金運、健康などのげん担ぎのため、大晦日に蕎麦が食べられるようになった。

一年の終わりの大晦日、最後の行事と言えば除夜の鐘の音を聞くこと。深夜0時を挟む時間帯にお寺では除夜の鐘を108回撞く。なぜ108回撞くのか。108個あるとされる人間の煩悩を一つ一つ鐘を鳴らして消していき、浄化して新年を迎えるのだ。

單字解說

- 眠る 自動 0：睡覺
- 老ける 自動 2：老
- 断ち切る 他動 3 0：斷絕
- 伸びる 自動 2：變長
- 延ばす 他動 2：延展
- 拭う 他動 2 0：擦拭
- げん担ぎ 名 3：討吉利
- 撞く 他動 0 1：敲
- 鳴らす 他動 0：響，弄出聲音
- 浄化する 他動 1 0：淨化

【中譯】

除夕

「晦」是「三十」，「晦日」是「30日」的意思。每個月最後的日子叫做晦日。大晦日則指一年最後的日子。在被稱為「跨年」、「除夜」等的除夕夜裡，家人會聚在一起迎接新年。古時在除夕會在神桌供奉供品，不睡覺迎進年神，如果這時候睡著的話，被認為會很快變老。

在日本除夕的夜晚有吃「跨年蕎麥麵」的習慣。那是「因為蕎麥麵比其他麵類更容易切斷，可斷絕今年一年的災難」、「因為又細又長，壽命與身高會變長」、「因為以前用蕎麥粉擦拭延展金箔的台子，錢運會變好」等為了討長壽、消災、錢運、健康等吉利，便開始在除夕吃蕎麥麵。

說到一年結束的除夕，最後的儀式就是聽除夕的鐘聲。在跨越深夜0時的時間，寺廟會敲除夕夜的鐘108下。為什麼是敲108下？那是為了藉由敲響一個個的鐘聲消除被認為有108個人類的煩惱來淨化迎接新年。

句型練習

1. 動詞ない形＋ず　不……

風も吹かず、良い天気だ。

是沒風的好天氣。

たまには飲まずに帰ってください。

偶爾請別喝酒就回家吧。

2. ……とされる　被認為……

奈良時代に成立したとされる。

被認為成立在奈良時代。

それは努力と忍耐が必要とされる仕事。

那是被認為需要努力和忍耐的工作。

冬 WINTER

こうはくうたがっせん 紅白歌合戦

陪伴很多人跨年的紅白歌唱大賽。

紅白歌合戦は日本放送協会（NHK）が1951年から大晦日に放送している男女対抗式の大型音楽番組。女性歌手を紅組、男性歌手を白組に分け、順番に歌い、点数を競い合う。

紅白は当日生中継で日本全国に放送される。まず、若い歌手から歌い始め、後ろへ行くほど芸歴の長い歌手になる。最後に紅組と白組それぞれから「トリ」が出る。

紅白に出場する歌手の選考はNHKが行う「出場してほしい歌手」のアンケート、CDやDVDの売り上げ、有線・カラオケのリクエストの調査結果などを基準に選んでいる。また、

單字解說

- 放送する 他動 0：廣播，播放
- 分ける 他動 2：分開
- 競い合う 自動 4：互相競爭
- トリ 名 2：壓軸
- アンケート 名 1 3：問卷調查（法：enquête）
- リクエスト 名 3：點歌（英：request）
- 選ぶ 他動 2：選擇
- ゲスト 名 1：來賓（英：guest）
- 博する 他動 3：博得
- 反映する 自他動 0：反映

歌手以外のゲストなどもその年に人気を博した人物から選出されるため、「紅白に出場できる」というのは大変光栄なことである。

毎年、大晦日に放送される紅白は歌を通じて時代を反映してきた。日本人にとって、その年の顔である紅白歌手の歌を聞き、「今年1年色々なことがあった」という感慨を抱くはず。

【中譯】

紅白歌唱大賽

紅白歌唱大賽是日本放送協會（ＮＨＫ）從１９５１年起在除夕播放的男女對抗式的大型音樂節目。把女性歌手分成紅組，男性歌手分成白組，按順序唱歌互爭分數。

紅白是以當天現場轉播播放至日本全國。首先，由年輕的歌手開始先唱，越進行到後面變成歌歷越久的歌手。最後紅組和白組會各自打出「壓軸」。

紅白出場歌手的選拔主要是由ＮＨＫ舉辦的「希望出場的歌手」的問卷調查、ＣＤ或ＤＶＤ的銷售額、有線・卡拉OK點歌的調查結果等為基準而選出。還有，歌手以外的來賓等，也是當年博得歡迎的人物當中選出來的，因此「能上紅白」是件非常光榮的事。

每年除夕播放的紅白透過歌曲反映著時代。對日本人來說，聽代表當年紅白歌手的歌，應該會抱有「今年一年發生的事真多」的感慨。

句型練習

1.……それぞれ　各自……

人それぞれ独自の好みがある。
人有各自獨自的喜好。

野菜をそれぞれ一口大に切る。
將各個蔬菜切成一口的大小。

2.……を通じて　透過……

ボランティア活動を通じて、社会への考え方が変わった。
透過義工活動，對社會的想法改變了。

アルバイトを通じて、お金を稼ぐことの大変さが分かった。
透過打工知道賺錢的辛苦。

冬 WINTER

お正月（しょうがつ）

日本各大百貨公司在新年的2個月前就會開始提供年菜的預購。

單字解說

- お年玉（としだま） 名 0：壓歲錢
- 別称（べっしょう） 名 0：別稱，別名
- もたらす 他動 3：帶來
- 降臨（こうりん）する 自動 0：降臨
- 門松（かどまつ） 名 2：新年前裝飾在門前的松枝
- しめ飾（かざ）り 名 3：新年裝飾在門上的稻草繩
- 屠蘇（とそ） 名 1：屠蘇酒，新年喝的酒
- 雑煮（ぞうに） 名 3 0：鹹年糕湯
- 初詣（はつもうで） 名 3：新年首次參拜
- 初売（はつう）り 名 0：新年首次出售，開市

毎年迎える「お正月」は子供にとってお年玉がもらえて学校も休みになり、とても楽しみにしている行事の一つだ。殆どの大人も仕事が休みになり、美味しい料理やお酒を楽しんだりする。

日本のお正月は、本来年神様をお迎えする行事であり、1月の別称でもある。年神様とは1年の一番初めにやってきて、1年間の幸福をもたらすため、各家庭に降臨する神様だ。現在は1月1日か

ら3日までを「三が日」、1月7日まで（15日までの地域もある）を「松の内」と呼び、この期間を「お正月」と呼んでいる。

一般的にお正月を迎える前に大掃除をし、門松やしめ飾り、鏡餅の準備をする。そして1年の最後の日、大晦日にお節料理の準備などをして過ごし、夜には除夜の鐘を聞き、年越しそばを食べて新年を迎える。

元日の朝には、まずお屠蘇を飲み、前日に準備したお節料理やお雑煮、お汁粉を食べ、初詣に行って新しい一年の健康や幸せを祈る人が多い。年賀状を読むことや、初売りの福袋を買いにいくのもお正月の楽しみの一つである。

【中譯】

正月新年

每年迎接的「正月新年」對小孩子來說是個可以拿到壓歲錢、學校也放假、非常期待的活動之一。大部分的大人工作也休息，可享受美味的料理和酒。

日本的正月本來是迎接年神的儀式，也是1月的別稱。所謂的年神是在一年最初的日子前來，為了帶來一整年的幸福，降臨在各個家庭的神明。現在稱1月1日起至3日為止為「三之日」，1月7日為止（也有些地方到15日為止）為「松之內」，在這期間都叫「正月新年」。

一般在迎接新年之前會大掃除、裝飾門松和稻草繩、準備年糕。然後在一年的最後一天除夕準備年菜等度過，並在晚上聽除夕夜的鐘聲、吃跨年蕎麥麵迎接新年。

很多人會在元旦的早上，先喝屠蘇酒，吃前一天準備的年菜或鹹年糕湯、紅豆年糕湯，再去新年參拜祈求新的一年健康與幸福。看賀年卡或去買開市的福袋也是正月新年的樂趣之一。

句型練習

1.……と呼ぶ　稱……，叫……

友だちは僕のことをデブちゃんと呼ぶ。

朋友都叫我小胖。

私たちは何かを作る人のことをクリエーターと呼ぶ。

我們稱製作某些東西的人為創作者。

2.……にいく　去……

何をしに行くの。

要去幹什麼啊？

ちょっと走りに行ってくる。

去跑一下再回來。

冬 WINTER

箱根駅伝

選手們奮戰到底的姿態讓人感動。

日本の数ある駅伝の中で、歴史の長さ、人気の高さが群を抜き、最も有名なのが箱根駅伝。正式な名前は「東京箱根間大学駅伝競走」。関東学生陸上連盟が主催し、読売新聞社が共催している。

箱根駅伝は１９２０年に誕生し、もうすぐ１００年以上の歴史を迎えようとしている。毎年１月２日と３日に東京大手町の読売新聞東京本社前から箱根芦ノ湖間を往路５区間、復路５区間の合計10区間（約２００キロ）で20校の大学チームと関東学生連合チームが競う。

試合中、沿道にはいつも大勢の見物客で埋まり、中継するテレビも高い視聴率を得るほど世間の注目度は非常に高い。もはや国民的行事と言っても過言ではない。今やお正月の風物詩として定着している。

学生たちが一本の襷を繋ぐために箱根の山を力戦奮闘して走り抜けるその姿は多くの人に感動と情熱を与えるほか、選手たちに送る熱い声援も一年の始まりに勢いをつけてくれるのではないか。

單字解說

- 抜く 自他動 0：超出
- 共催する 他動 0：共同舉辦
- 競う 他動 2：競爭
- 埋まる 自動 0：埋滿，填滿
- 中継する 他動 0：轉播
- 過言 名 0：誇張
- 襷 名 0 3：布條，布帶
- 繋ぐ 他動 0：連繫
- 走り抜ける 自動 5 0：超越
- 与える 他動 0：給予

【中譯】

箱根馬拉松接力賽

在日本眾多馬拉松接力賽當中，歷史悠久、人氣超群，最有名的就是箱根馬拉松接力賽。正式的名稱為「東京箱根之間大學馬拉松接力賽」。由關東學生田徑聯盟主辦，讀賣新聞社協辦。

箱根馬拉松接力賽誕生於1920年，很快就要迎接100年以上的歷史。在每年的1月2日和3日從東京大手町讀賣新聞東京本社前到箱根蘆之湖間，去程5段、回程5段合計10段（約200公里），由20個大學的隊伍和關東學生聯合隊伍比賽較勁。

比賽時，沿路總是擠滿了眾多的觀眾，而轉播的電視甚至也獲得很高的收視率，世上的矚目度非常高。時至今日說是國民的活動也不誇張。現在已成為新年的風物詩固定下來。

學生們為了將一條布條連繫起來，在箱根的山中努力奮戰超越對手的姿態除了給予眾多的人感動與熱情，而送給選手們熱力的聲援不也在一年的開始增添了氣勢嗎。

句型練習

1. 動詞意志形＋（よ）うとしている　正要……，就要……

家を出ようとしているところに彼からの電話がかかってきた。

就要出門的時候，接到了他的來電。

花のつぼみはほころびようとしている。

花朵正含苞待放。

2. もはや　時至今日，已經

月への旅行はもはや夢ではない。

到月球旅行已經不是夢想了。

もはや打つ手がない。

已經無計可施了。

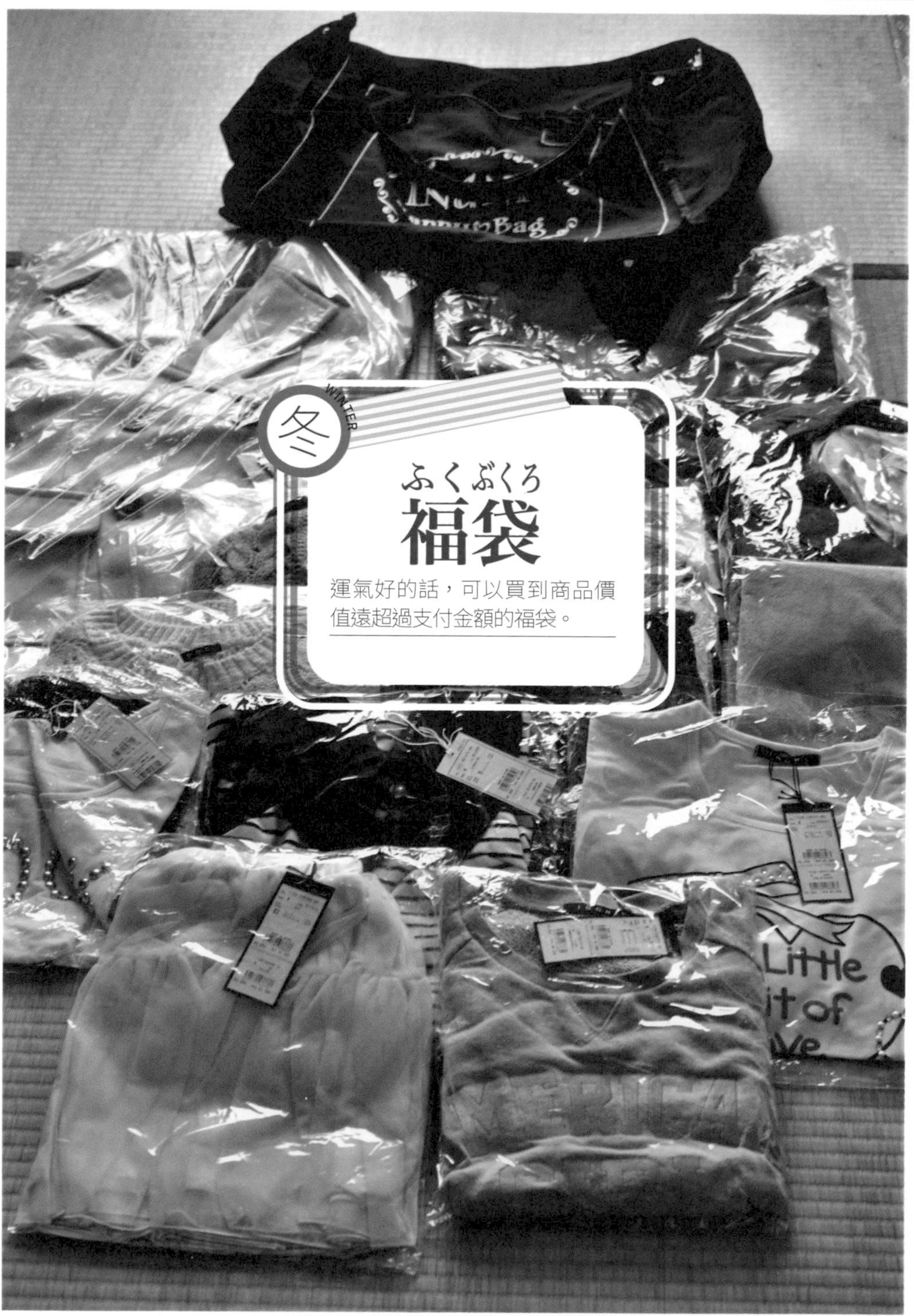

冬 WINTER

福袋
ふくぶくろ

運氣好的話，可以買到商品價值遠超過支付金額的福袋。

福袋とは、元々福の神として有名な大黒天様が打ち出の小槌と共に抱えている大きな袋のことを指す。現在はお正月の初売りなどで、色々なものを詰めて封をして販売する袋のことを呼ぶ。新年のイベントとして各店で様々な福袋が販売されている。

日本の福袋は江戸時代に一部の呉服屋で端切れなどを袋詰めたものを初売りで販売したことから始まった。現在では時代の流れと共に福袋の中身は変化している。近年の福袋は洋服以外にも家電や寝具、生活用品など様々な種類の福袋がある。百貨店によってはジュエリー、車、旅行といった高級福袋や体験型の福袋なども販売している。

福袋を買うのはお正月の楽しみの一つであり、何が入っているか分からないドキドキ感が魅力的。支払う金額より遥かに高い商品が入っていたりすると、宝くじに当たったようなお得感が得られる。ただ最近そのドキドキ感を悪用して、福袋用の安物商品を作って販売したり、在庫処分品を入れたりする場合もある。正しい情報を仕入れて評判のいいお店で賢く買い物をしたいものだ。

單字解說

- 抱える 他動 0：抱
- 詰める 自他動 2：裝入
- 販売する 他動 0：銷售
- 端切れ 名 0：裁剪後剩下的布
- 入る 自動 1：裝進
- 支払う 他動 3：支付
- 遥か ナ形 副 1：遠遠
- 宝くじ 名 3 4：獎券
- 悪用する 他動 0：濫用
- 仕入れる 他動 3：取得

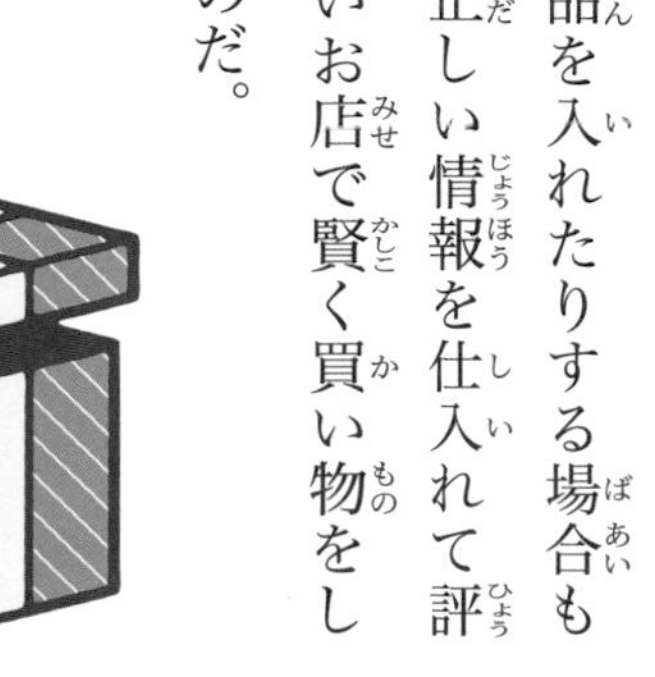

【中譯】

福袋

所謂的福袋，原本是指被當作福神、有名的大黑天神和萬寶槌扛在一起的大袋子。現在稱在新年開市等、裝進形形色色的商品並密封起來銷售的袋子。被當作新年的活動，在各店家銷售著各式各樣的福袋。

日本的福袋是從江戶時代部分的和服店把剩布等裝袋在開市時銷售而開始的。現在隨著時代的潮流，福袋的內容也有所變化。近年的福袋除了衣服以外，還有家電、寢具、生活用品等多樣種類的福袋。依百貨公司而定，也銷售珠寶、汽車、旅行等高級福袋或體驗型的福袋。

購買福袋是新年的樂趣之一，不知裡面裝了什麼的期待感很有魅力。如果裡面裝的商品遠比支付的金額還高的話，就會得到像是中了獎券的滿足感。只不過最近也有濫用這個期待感，製作福袋專用的廉價商品或裝進要處理掉的庫存商品來銷售的情況。希望大家取得正確的資訊在口碑好的店家購物才是明智。

句型練習

1. ……と共に　與……一起，跟著……

風と共に去りぬ。

與風一起消逝。（小說《飄》與電影《亂世佳人》的日文名稱）

体は精神と共に発達しなければならない。

身體要與精神一起發展才行。

2. ……に当たる　中……

年末ジャンボ宝くじに当たった。

中了年尾的特大獎券。

デパートの抽選で特賞に当たった。

在百貨公司抽獎中了特獎。

冬 WINTER

ななくさがゆ
七草粥

從1月7日前1、2天開始，日本超市就會銷售盒裝的春天七草。

七草粥は1月7日の「人日の節句」の朝に食べる料理だ。この「人日」は中国から伝わってきたもの。中国ではお正月の7日を人の日として、7種類の野菜を入れたスープを食べる習慣があった。一方、日本でも年の始めに「若菜摘み」という風習があった。これが中国から伝わった人日と結びついて七草粥となった。

　この七草粥を食べる習慣は平安時代から始められ、江戸時代には一般家庭にも広まるようになった。とても歴史のあるものと言える。古代から七草は邪気を払い、万病を除くものとされてきた。春の七草であるセリ、ナズナ、ゴギョウ、ハコベラ、ホトケノザ、スズナ、スズシロの入った七草粥を食べて、無病息災を願う。

　七草粥は冬に不足しがちなビタミンを補い、お正月の暴飲暴食で疲れている胃腸を休める効果がある。体をやさしく労わってくれる七草粥をぜひ試してほしい。作り方はとても簡単。鍋にご飯と水と塩を入れて火にかけ、煮立ってきたら10分ほど煮る。そのあと、細かく刻んだ七草を入れ、ひと煮立ちしたらできあがり。

【中譯】

七草粥

七草粥是在1月7日「人日節」早上吃的料理。這個「人日」是由中國傳來。在中國把正月7日當作人的日子，有習慣吃放了7種蔬菜的湯。另一方面，在日本也有在年初「摘嫩菜」的風俗。這和從中國傳來的人日結合一起便成了七草粥。

這個吃七草粥的習慣是從平安時代開始，並在江戶時代普及到一般的家庭。可說是非常具有歷史。從古代七草就被視為可驅逐邪氣、去除百病的東西。吃了加有水芹、薺菜、鼠麴草、繁縷、稻槎菜、蕪菁、蘿蔔等春天七草的七草粥，可祈求無病消災。

七草粥有補充冬天容易不足的維他命和讓因新年暴飲暴食而疲勞的腸胃休息的效果。希望大家務必試試能溫柔撫卹身體的七草粥。做法非常簡單。在鍋裡放進白飯、水與鹽，然後開火，煮開後再煮約10分鐘。之後，放進切碎的七草，煮開一會兒即可。

單字解說

- 節句（せっく） 名 ⓪：節日
- 入れる（いれる） 他動 ⓪：放進，放入
- 若菜（わかな） 名 ①②：嫩菜
- 摘む（つむ） 他動 ⓪：摘
- 補う（おぎなう） 他動 ③：補充
- 疲れる（つかれる） 自動 ③：疲勞
- 休める（やすめる） 自他動 ③：使休息
- 労わる（いたわる） 他動 ③：撫卹
- 試す（ためす） 他動 ②：嘗試
- 煮立つ（にたつ） 自動 ②：煮開
- 煮る（にる） 他動 ⓪：煮
- 刻む（きざむ） 他動 ⓪：切碎

句型練習

1.……がち　容易……

毎日車で移動していると、運動不足になりがちだ。

每天靠車子移動的話，很容易運動不足。

彼女は気が弱いと思われがちだが、全然そんなことはない。

雖然她很容易被認為懦弱，其實完全沒那回事。

2.……ほど　（形容程度）

昨日は死ぬほど暑かった。

昨天熱死了。

早ければ早いほど良い。

越快越好。

冬 WINTER

かがみもち　かがみびら
鏡餅・鏡開き

日本有銷售方便製作的年糕機，一般家庭也可以自己製作鏡餅。

鏡餅とは円形に作ったお餅の大小二つをひと重ねにしたもので、古くから年神様へのお供え物として床の間などに飾られる。大小二つお餅は太陽と月を表し、この二つを重ねることには福徳が重なるという意味が込められ、縁起がいいとされている。また、鏡餅が丸いのは人の心臓を模ったものとも考えられ、年神様にお供えした鏡餅を食べると新な生命力を授かると言われている。

なぜお餅を鏡というのか。鏡は魂を表す神器の一つでもあり、年神様の依り代としての鏡をお餅で表し、鏡餅と呼ばれるようになった。

鏡開きは神様にお供えしていた鏡餅を食べる行事だ。一般的には「松の内」（P136参照）が終わってからの1月11日に行われる。鏡餅には神様が宿っているとされるため、刃物は使わない。硬くなった鏡餅は木槌や麺棒で叩いて開く。叩き開いたお餅はお汁粉や雑煮、揚げ餅などにするのが一般的。気を付けなければいけないのは神様との縁が切れないように、鏡餅は「切る」「割る」「砕く」などの言葉を使わずに、「開く」という縁起のいい表現を使う。そして、一家の円満を願いながら、ひとかけらも残さずいただく。

【中譯】

鏡餅・開鏡

所謂的鏡餅是將做成圓形的兩塊大小年糕重疊起來的東西，自古以來就被當作是給年神的供品裝飾在壁龕等處。大小兩塊年糕表示太陽和月亮，把這二個重疊在一起帶有重複福德的意思，被視為吉祥。還有，鏡餅做成圓形被認為是仿照人的心臟，據說吃了供奉年神的鏡餅的話，就能獲得新的生命力。

為什麼會把年糕說成鏡子？鏡子也是表示靈魂的神器之一，用年糕來表現被當作是年神寄身的鏡子，所以便稱為鏡餅。

開鏡是吃供奉給神明的鏡餅的儀式。一般是在「松之內」（參照P136）結束之後的1月11日進行。因為鏡餅被認為存在著神明，所以不使用刀具。變硬的鏡餅是用木槌或麵棒敲開。敲開的年糕一般是做成紅豆年糕湯或鹹年糕湯、炸年糕等。不能不注意的是為了避免和神明斷了緣分，鏡餅不用「切」、「割」、「弄碎」等的字眼，而是使用「開」這個吉祥的表達。然後一邊祈求一家的圓滿，全部吃掉一塊也不留下。

單字解說

- 表す（あらわ）他動 3：表示
- 重ねる（かさ）他動 0：把……重疊起來
- 重なる（かさ）自動 0：重複
- 模る（かたど）他動 3：仿照，模仿
- 新た（あら）ナ形 1：新
- 依り代（よ・しろ）名 0：寄身的東西
- 宿る（やど）自動 2：存在
- 叩く（たた）他動 2：敲
- 砕く（くだ）他動 2：弄碎
- 残す（のこ）他動 2：留下

句型練習

1.……にする　做成，決定……

今度の三連休は沖縄旅行にする。

這次的三連休決定去沖繩旅行。

今年の会社の目標は利益を二倍にする。

今年公司的目標決定將利益增加為二倍。

2.……と　……的話

早く食べないと冷えてしまうよ。

不快點吃的話會冷掉喔。

雨が降ると道が悪くなる。

下雨的話，道路就會變差。

冬
WINTER
せいじん ひ
成人の日
成人式女性穿著的長袖和服，
色彩繽紛引人矚目。

成人の日は日本国民の祝日の一つである。従来は1月15日であったが、ハッピーマンデー制度により、2000年から1月の第2月曜日に変更された。大人になったことを自覚し、自ら生き抜こうとする青年を祝い励ます趣旨で1948年に設けられた。

成人の日は、各地域で成人式が行われる。雪国などでは出かけやすいお盆の時期や大学生が春休みの時期に成人式が行われることもある。成人式のもとになったのは奈良時代からある「元服」という成人になるために貴族の間で行われていた儀式だ。当時は数え年で12歳から16歳で大人になると考えられていたが、現在は満20歳とされる。また2022年4月からは成人年齢が20歳から18歳に引き下げられる。

成人式では、女性は振袖、男性はスーツや羽織袴などの正装に身を包み、市長などから祝福や励ましの言葉を贈られる。成人を迎えると周りからの見られ方や扱い方も変わり、大人の仲間入りをする。この成人式を通して大人としての自覚が芽生えるのだろう。

單字解說

- 従来 名 ① ：以前
- 自覚する 他動 ⓪ ：自覺
- 生き抜く 自動 ⓪ ：活下去
- 出かける 自動 ⓪ ：出門
- 引き下げる 他動 ④ ：降低
- 包む 他動 ② ：包裹，穿上
- 励まし 名 ④⓪ ：鼓勵
- 仲間入り 名 ⓪ ：加入行列
- 通す 他動 ① ：透過
- 芽生える 自動 ③ ：萌芽

【中譯】

成人節

成人節是日本國民的節日之一。以前是1月15日，但因快樂星期一制度，從2000年起變更為1月的第2個星期一。為了祝福鼓勵青年有成為大人的自覺，並靠自己活下去的宗旨在1948年設立。

成人節在各地會舉行成人儀式。在雪國等也有在方便出門的盂蘭盆節時期或大學生春假時期舉行成人式。成人式的起源是從奈良時代開始在貴族間為了成為大人所舉行的叫「元服」的儀式。當時是虛歲12歲到16歲被認為成人，現在被定為滿20歲。還有從2022年4月起，成人年齡會從20歲降到18歲。

在成人式，女性會穿長袖和服，男性會穿西裝或和服外褂與褲裙等正式的服裝，接受市長等人的祝福或是勉勵的話。一旦變成成人，周圍的看法或對待方式也會改變，而進入大人的行列。透過這個成人式，作為大人的自覺應該會萌芽吧。

句型練習

1. ……に変更される 被改成……

10月から運賃が180円に変更される。

從10月起車費被改成180日圓。

今日の肉料理は豚肉から牛肉に変更された。

今天的肉料理由豬肉被改成牛肉。

2. ……の間で 在……之間

親子カフェが最近ママ同士の間で話題になった。

親子咖啡廳最近在媽媽們之間成為話題。

今、若者の間ではやっているものは何。

現在，在年輕人之間流行什麼東西？

冬 WINTER

せつぶん

節分

在節氣當天用來撒豆的福豆和鬼面具。

節分とは季節を分ける日という意味で、立春、立夏、立秋、立冬のそれぞれの前日を指す。旧暦の新年に当たる立春の節分は冬から春に変わる1年の始まりとされていたため、特に重要視されてきた。そのため、節分というと立春の前日を示すようになった。

日本の節分と言えば「鬼は外！福は内！」と言いながら豆をまいたり、鬼のお面を付けた鬼役に豆をまいたりと「豆まき」をする。豆まきは平安時代に中国から伝わった「追儺の儀式」に由来している。季節の変わり目には邪気が生じるという考えから、宮中の年中行事として悪霊払いが行われていた。それが広まり、厄除けを願う行事として一般家庭に

も定着した。

豆まきのために炒られた豆は「福豆」と呼ばれ、豆まきの後で数え年の数の福豆を食べることで体に福を取り込み、一年間健康に過ごせると言われている。豆のほかに、節分の夜に「恵方巻き」という太巻きも食べる。恵方（その年の最もよい方向）に向かって願い事を思い浮かべながら、無言で丸かじりして食べきると願いが叶うとされている。興味があれば、実際にやってみてはいかがだろうか。

單字解說

- 当たる 自他動 0：在，當……時
- 示す 他動 0 2：表示
- まく 他動 1：撒
- 由来する 自動 0：由來
- 変わり目 名 0：轉變期
- 生じる 自他動 0 3：產生
- 炒る 他動 1：炒
- 取り込む 自他動 3 0：帶進
- 思い浮かぶ 自動 0 5：想起，想著
- 丸かじりする 他動 0：整個咬下去
- 叶う 自動 2：實現

【中譯】

節分

所謂節分的意思是指將季節分開的日子，各指立春、立夏、立秋、立冬的前一天。在舊曆新年立春的節分因為被視為是從冬天變到春天一年的開始，因此特別受到重視。所以說到節分就變成表示立春的前一天。

說到日本的節分，就要一邊說「鬼滾出去！福氣進來！」一邊撒豆，或是撒豆在戴鬼面具扮鬼的人身上來「撒豆驅邪」。撒豆來自平安時代由中國傳來的「驅鬼的儀式」。從季節轉變時會產生邪氣這樣的想法，被當作宮中年中的儀式來進行驅除惡靈。普及之後，作為祈求解厄的儀式，也在一般的家庭固定下來。

為了撒豆所炒的豆子被稱為

「福豆」，據說撒豆之後吃虛歲數目的福豆會把福氣帶進體內，一年當中就可以過得很健康。除了豆子，節分的晚上也會吃叫做「惠方卷」的粗壽司卷。一邊朝著惠方（當年最好的方向）想著願望，一邊默默整個咬下去吃掉，被認為願望就會實現。如果有興趣的話，不妨實際試試看如何？

句型練習

1. 特に……　特別是……

北海道の冬は毎年厳しいが、特に去年は雪がたくさん降って大変だった。

北海道的冬天每年都很嚴峻，特別是去年雪下得很大很辛苦。

私は寿司が好きで、特にウニといくらが大好きだ。

我喜歡壽司，特別是海膽和鮭魚卵非常喜歡。

2. ……のほかに　……之外

防寒着のほかにカッパも持って行ったほうがいい。

除了防寒衣物，雨衣也帶去會比較好。

ラーメンのほかに何か食べるものはないかな。

除了拉麵，沒有其他吃的東西嗎？

バレンタインデー

在情人節贈送巧克力是日本獨特的習慣。

日本のバレンタインデーは1958年頃から流行し始め、1970年代後半に社会的に定着した。今や2月の定番イベントとなった。2月14日のバレンタインデーは女性が男性にチョコレートを贈り、愛を告白する日だ。チョコレートを贈るのは日本の独自の習慣でそのきっかけとなったのは製菓会社のバレンタインデーの広告だった。

やがてチョコレートを贈る習慣は幅広い世代に親しまれ、挨拶代わりの「義理チョコ」などの風習も定着し、職場で女子社員が上司や同僚にチョコレートを贈ることも増えた。バレンタインデーにチョコレートをもらった男性が3月14日のホワイトデーに女性にお返しをする。

最近では友達に贈る「友チョコ」、男性から女性に贈る「逆チョコ」、自分へのご褒美の「自分チョコ」なども広まっており、様々なスタイルでのバレンタインデーが楽しまれている。

バレンタインデーは「チョコレート会社の陰謀」という人もいるが、「義理」、「本命」などと言わずに感謝の気持ちを込めて職場の人や友達、それから自分にもチョコレートを贈ってみてはいかがだろうか。

【中譯】

情人節

日本的情人節是從1958年左右開始流行，1970年代後半在社會固定下來。現在已成了2月經典的活動。2月14日的情人節是女性送給男性巧克力、表白愛情的日子。贈送巧克力是日本獨自的習慣，成為其開端的是零食製造公司的情人節廣告。

不久贈送巧克力的習慣被廣泛的年代喜愛，代替打招呼的「人情巧克力」等風俗也固定起來，職場上女性員工贈送巧克力給上司或同事也增加了。在情人節收到巧克力的男性要在3月14日的白色情人節給女性回禮。

在最近贈送給朋友的「友情巧克力」、由男性贈送給女性的「倒送巧克力」、送給自己當獎賞的「自己的巧克力」等也普遍起來，可享受各種形式的情人節。

雖然也有人說情人節是「巧克力公司的陰謀」，但不管是「人情」、「本命」等，不妨懷著感謝的心情，試著送巧克力給公司的同仁或朋友，以及自己如何？

單字解說

- 告白（こくはく）する 他動 0：告白
- きっかけ 名 0：開端
- 幅広い（はばひろい） イ形 4：廣泛的
- 義理（ぎり） 名 2：人情
- 同僚（どうりょう） 名 0：同事
- お返し（おかえし） 名 0：回禮
- 褒美（ほうび） 名 0：獎勵
- スタイル 名 2：樣式（英：style）
- 陰謀（いんぼう） 名 0：陰謀
- 本命（ほんめい） 名 0 1：本命

句型練習

1.……頃（頃）　……時候

日が暮れる頃の景色がとてもきれいだ。

太陽下山時的景色非常美麗。

幼い頃はとてもわんぱくだった。

小時候非常頑皮。

2.……を込めて　懷著……

愛を込めて彼女に花束を贈った。

懷著愛意送給她花束。

真心を込めて後輩にお付き合いを申し込んだ。

懷著真心跟學妹提出交往。

國家圖書館出版品預行編目資料

日本四季風物時誌 / 林潔珏著
-- 初版 -- 臺北市：瑞蘭國際, 2021.01
160 面；17×23 公分 --（元氣日語系列；42）
ISBN：978-986-5560-07-2（平裝）
1. 日語 2. 文化 3. 讀本
803.18　　109021898

元氣日語系列 42

日本四季風物時誌

作者｜林潔珏
責任編輯｜葉仲芸、王愿琦
校對｜林潔珏、葉仲芸、王愿琦

美術設計｜劉麗雪

瑞蘭國際出版

董事長｜張暖彗 ・ 社長兼總編輯｜王愿琦

編輯部

副總編輯｜葉仲芸 ・ 副主編｜潘治婷 ・ 文字編輯｜鄧元婷
美術編輯｜陳如琪

業務部

副理｜楊米琪 ・ 組長｜林湲洵 ・ 專員｜張毓庭

出版社｜瑞蘭國際有限公司 ・ 地址｜台北市大安區安和路一段 104 號 7 樓之一
電話｜ (02)2700-4625・ 傳真｜ (02)2700-4622・ 訂購專線｜ (02)2700-4625
劃撥帳號｜ 19914152 瑞蘭國際有限公司
瑞蘭國際網路書城｜ www.genki-japan.com.tw

法律顧問｜海灣國際法律事務所　呂錦峯律師

總經銷｜聯合發行股份有限公司 ・ 電話｜ (02)2917-8022、2917-8042
傳真｜ (02)2915-6275、2915-7212・ 印刷｜科億印刷股份有限公司
出版日期｜ 2021 年 01 月初版 1 刷 ・ 定價｜ 380 元 ・ISBN ｜ 978-986-5560-07-2

本書採用環保大豆油墨印製